Tatort Hannover II

Über das Buch

Nachdem das Blut des „Tatort Hannover" getrocknet, der Durst der Hannoveraner jedoch noch nicht gestillt war, beschlossen sieben der Autorinnen und Autoren weiterzumorden – auf dem Papier.
Hannover diente erneut als Kulisse für Ableben aller Art vom Deister bis zum Mittellandkanal.

Die Autoren

JÖRG **AEHNLICH**
ELISABETH **BRINK**
MANFRED **DEPNER**
DETLEF **EHRIKE**
ANNETTE **PETERSEN**
DAGMAR **SEIDEL-RASCHKE**
KARIN **SPEIDEL**

sind Preisträger des von der Buchhandlung Schmorl & von Seefeld und BoD im Jahr 2003 ausgeschriebenen Schreibwettbewerbes „Tatort Hannover".
Sie treffen sich seitdem regelmäßig bei Pilzen und Pierogi im Restaurant „Bei Magdalena" (Hannover-List) und planen ihre kriminellen Machenschaften.

Tatort Hannover II

Neue spannende Kurzkrimis aus Hannover

mit einem Vorwort von Susanne Mischke

Herausgeber

Autoren-Team „Tatort Hannover“
tatort-hannover@gmx.de

Herstellung & Verlag

Books on Demand GmbH
Gutenbergring 53
D – 22848 Norderstedt
Tel.: 040/534335-0
Fax: 040/534335-84
www.bod.de
info@bod.de

Umschlaggestaltung:	CHRISTINA **BOZO** JÖRG **AEHNLICH**
Zeichnungen:	DIRK **SCHEERLE** MICHAEL **WOLFF**
Fotos:	TIM **SCHAARSCHMIDT** [Ω] DIETMAR **SCHWIEGER** [Σ] HILDEGARD **WEGNER** [Δ] HEIDI **MUSSHOFF** [Π] **STAHL** [Γ]
Lektorat:	STEPHANIE **JANS**
Satz/Layout:	JÖRG **AEHNLICH**

Printed in Germany
ISBN 3-8334-3212-8

Inhaltsverzeichnis

Vorwort

Neue Gräueltaten an der Leine ...

Das Böse ist immer und überall, aber geben wir es ruhig zu: Ein Verbrechen, das quasi vor der eigenen Haustür passiert, hat stets einen besonderen Reiz. Gierig verschlingt man beim Frühstück den Lokalteil, der das Weltgeschehen vergleichsweise uninteressant erscheinen lässt. Doch während reale Gewaltverbrechen in unmittelbarer Nähe doch eher beängstigend sind, verursachen fiktive Bluttaten rund um den eigenen Kirchturm einen durchweg angenehmen Nervenkitzel. Vermutlich ist es diese Mischung aus Nachbarschaftsklatsch und Grusel, Tatsache ist: der Kriminalroman, dessen Handlung in der Heimat verankert ist, boomt. Gottseidank, endlich! - möchten wir ausrufen, hängen uns die alten Schweden doch schon lange zum Hals heraus.

Jeder Leser ist auch ein potentieller Täter. Kein Wunder, dass die Kurzkrimi-Ausschreibung der ortsansässigen Traditionsbuchhandlung „Schmorl & von Seefeld" die kriminelle Energie der Hannoveraner weckte. Nicht nur Polizeibeamte, die naturgemäß für das Schreiben von Krimis prädestiniert sind, versuchten sich am Mord gleich um die Ecke. Aus dem Wettbewerb resultierte die Anthologie „Tatort Hannover", die sich in großer Zahl verkaufte - Verbrechen lohnt sich eben doch.

Wer als Leser und Autor einmal Blut geleckt hat, so weiß ich aus eigener Erfahrung, der lechzt unweigerlich nach weiteren Untaten, und so haben wir es in der Fortsetzung von „Tatort Hannover" mit einem äußerst resistenten Kern von Wiederholungstätern zu tun.

Die Milieus sind dabei so unterschiedlich wie die Motive und die Schauplätze: Ricklinger Altersheime, Friedhöfe, unser Herrengarten, Szenekneipen in der Altstadt, oder gar mein Nachbarort, das beschauliche Dorf Linderte südlich der Landeshauptstadt. Den Autoren ist nichts, aber auch gar nichts heilig. Am allerwenigsten das heimische Gewässer, in dem ja schon viele Leichen dümpelten, echte und fiktive.

Wohliges Schaudern wünscht den Lesern und Leserinnen

Susanne Mischke

Kleiner Mord im Großen Garten

ANNETTE PETERSEN

Mareile kam sich unglaublich blöde vor. Fast wie die Leute mit dem „Wachturm", die unverdrossen und ungeachtet der allgemeinen Geschäftigkeit rings herum mit ihren Heften neben dem Bäcker standen und auf Interessenten warteten. Sie sprachen niemals jemanden an. Genauso wie Mareile niemals jemandem ihr Angebot aufdrängen würde. Dabei war das gar nicht schlecht. Zwei Karten für das Kleine Fest im Großen Garten, die sie tatsächlich übrig hatte. Ihre Freundin Barbara hatte Glück bei der Karten-Verlosung gehabt und sie zur Premiere des Festes mitgenommen. Und sie selbst hatte ebenfalls welche ergattert – zum ersten Mal überhaupt in den fünf Jahren, in denen sie es versucht hatte. Heute war schon die vorletzte Vorstellung, sie stand vor den Toren des Barockgartens und hielt ihre beiden Eintrittskarten vor sich wie einen Schild. Klaus musste heute Abend arbeiten, sonst wären sie vielleicht zusammen noch mal hergekommen. Dass es so schwierig sein könnte, die Karten loszuwerden, hätte sie nicht gedacht. Warum stellten sich die Leute in die Schlange vor dem Kartenhäuschen, wo die paar Restkarten verkauft wurden? Das Risiko, leer auszugehen, war doch ziemlich hoch! Stattdessen könnten sie einfach Mareiles Tickets nehmen, bezahlen und durchs Tor spazieren. Sie sah, wie ein paar Meter weiter jemand einen Mann ansprach, der ebenfalls Karten anbot. Der Verkäufer antwortete irgendetwas, der potentielle Kunde tippte sich an die Stirn und ging davon. Der Andere zuckte die Schultern. Langsam verstand sie. Die Leute versuchten natürlich, ihre ergatterten Karten hier zu Mondpreisen loszuschlagen. Sie wusste zwar, dass die Tickets im Internet versteigert wurden. Da musste jeder selbst wissen, wie viel er zu bieten bereit war. Aber dass sich tatsächlich Leute hier hinstellten und den doppelten Preis verlangten, hätte sie nicht gedacht. Das war ja ein richtiger Schwarzmarkt, wie am Steintor. Typisch, dachte sie. Jeder Idiot schlägt hemmungslos aus dem Mangel Kapital, nur ich naive Unschuld vom Lande komme gar nicht auf so eine

Idee. Und wenn ich die Sache dann durchblicke, traue ich mich nicht. Dabei müsste ich nach vierzig Jahren doch langsam gelernt haben, wie die Welt funktioniert. Sie blickte auf ihre Füße und überlegte, ob sie einfach groß auf die Rückseite der Karten schreiben sollte, dass sie zum Normalpreis zu haben seien. Aber dann würden die Leute wahrscheinlich denken, es handele sich um Fälschungen.

„Mareile?"

Für den Bruchteil einer Sekunde jagten sich ihre Gedanken. Diese Stimme? Die gehörte doch in die Vergangenheit, das war doch ein für alle Mal vorbei, das konnte doch überhaupt nicht sein! Sie hob den Kopf und sah vor sich einen fremden Mann im Smoking.

„Mareile!" wiederholte er, diesmal nicht mehr fragend. Sie atmete tief durch. Vincent. Vincent Köhler. Nein!

„Vincent?". Ungläubig starrte sie den Mann an. „Was machst Du denn hier?", fragten sie beide gleichzeitig und lachten verlegen.

Er sah an sich herunter. „Ich komme gerade von einem Konzert mit unserem Streichquartett im Altenheim. Seit vier Jahren spiele ich Cello, und wir brezeln uns immer auf, damit die Leute nicht gleich merken, wie schlecht wir sind.". Er kicherte ein bisschen in der Hoffnung, dass es bescheiden klang, aber es gelang ihm nicht.

„Ach so.", sagte sie artig.

„Und jetzt dachte ich, ich kuck mal, ob noch Karten da sind.". Er deutete mit dem Kopf auf das Verkaufshäuschen, vor dem die Schlangen verschwunden waren. „Sind aber keine mehr da.".

Mareile sah, wie der Mann von vorhin noch mal zu dem Verkäufer ging und nun offenbar den geforderten Preis bezahlte, worauf er sich mit versteinerter Miene grußlos umdrehte und wegging. Der perfekte Beginn für einen schönen Abend, dachte sie.

„Ich habe noch zwei Karten, aber die gibt's nur im Doppelpack!".

„Okay, ich nehme beide, aber nur, wenn Du mit rein kommst.".

Auch das noch. Eigentlich wollte sie sich heute einen faulen Abend vor dem Fernseher machen. Sie wiederholten mal wieder „Pretty Woman", den Film, den sie in- und auswendig kannte und bei dem sie trotzdem immer wieder Rotz und Wasser heulte, stellvertretend für all die ausgelassen Chancen in ihrem Leben.

„Na gut", antwortete sie halbherzig. Julia Roberts würde todsicher binnen weniger Wochen wieder die Zahnseide vor Richard Gere verstecken. Sie hatte zwar einen dicken Kloß irgendwo zwischen Hals und Bauch, seit Vincent plötzlich vor ihr stand. Aber noch stärker war ein anderes Gefühl: Neugier. Hatte bei ihm wieder mal alles geklappt - ohne Rücksicht auf Verluste? War er tatsächlich Arzt geworden, so wie er es geplant hatte? Oder vielmehr, wie sein Vater es verlangt hatte. Sie wollte es genau wissen.

Vincent strahlte. „Super!", rief er. „Ich bin und bleibe ein Glückskind. Nicht nur, dass ich tatsächlich noch Karten bekommen habe, ich kann mich auch noch über charmante Begleitung freuen.".

Übertrieben hielt er ihr seinen schwarzen Smoking-Arm hin - eine Aufforderung, sich bei ihm einzuhaken. Oh Gott, wenn mich einer sieht, durchzuckte es sie. Wenn Klaus das erfuhr, würde sie einige Mühe haben zu erklären, was sie mit einem elegant gekleideten Fremden beim Kleinen Fest zu suchen hatte. Ihre Beziehung war ohnehin eine von der zerbrechlichen Art. Mareile verzog den Mund zu einer Form, von der sie hoffte, dass sie als Lächeln durchgehen würde und nahm seinen Arm.

Gemeinsam gingen sie durch das wunderschöne geschmiedete Tor, während allerlei Elfen mit Blinklichtern im duftigen Gewand, freundlich-hässliche Gnome und knallbunt verkleidete Stelzengänger um sie herum tänzelten. Gnädigerweise hatte an diesem Abend der Himmel einmal seine Schleusen geschlossen gehalten, anders als bei den meisten der vorangegangenen Vorstellungen des Kleinen Festes, auch bei der Premiere, zu der sie mit Barbara gegangen war. Heute sandte die Sonne ausgesprochen freundliche warme Abendstrahlen nach Herrenhausen. Ihr war gar nicht wohl. Sie hatte schon zwei Bekannte von weitem gesehen. Eine Nachbarin aus ihrer Straße und die Tochter der Physiotherapeutin, die sich seit einigen Monaten ihrer ständig schmerzenden Schulter annahm. Aber sie hatten sie wohl beide noch nicht entdeckt. Während Vincent sich in das Programm vertiefte, um zu entscheiden, welche der vielen Kleinkunstbühnen sie zuerst ansteuern sollten, sah Mareile sich nervös um. Ihr Blick streifte die Getränke- und Imbissstände, die Besucherströme, die zielstrebig in den hinteren Teil des Gartens eilten und den Eingang der traumschönen Niki-de-Saint-Phalle-Grotte. Vor einem Schminkstand standen ein paar Kinder und quengelten, weil sie sich ihre Gesichter anmalen lassen wollten. Keine Chance. Die Eltern zogen sie weiter. Sie wollten erst ihr Quantum Kultur. Kinderschminken gab es auf jedem Kleingartenfest. Vielleicht später. Die Künstlerin saß auf ihrem Klappstuhl und versuchte, sich ein spöttisches Lächeln zu verkneifen. Mareile überlegte einen Moment. Natürlich, das war die Lösung!

„Hör mal.“, sagte sie zu Vincent. „Ich habe das ja alles schon gesehen. Ich leiste mir heute mal den Luxus, mich schminken zu lassen. Die arme Frau da drüben muss sich ja furchtbar langweilen. Das kann ich doch nicht zulassen. Komm einfach nach der ersten Vorstellung zum Schminkstand, dann treffen wir uns wieder.“.

„Aber dieser Zauberer, wie heißt er noch ...“ Er suchte auf dem Programm herum. „Sido - ... Dosi - ... irgend so was, egal, der ist wirklich klasse, den habe ich schon mal im Fernsehen gesehen. Total witzig. Komm doch mit!“.

Sie schüttelte den Kopf. „Ich weiß, der ist super, aber: Nee, heut lass ich ihn aus, ich wollte schon immer mal so bunt angemalt rumlaufen. Das gebe ich mir jetzt.“. Sie strahlte, und sie wusste, er hatte keine Zeit mehr, noch lange zu diskutieren, die erste Vorstellung fing gleich an. „Bis gleich!“, rief sie ihm im Weggehen zu. Vincent zog eine Schnute wie vor zwanzig Jahren und marschierte in die andere Richtung.

„Na, wie hätten Sie's denn gern?“, fragte die Schminkkünstlerin, als sie auf dem zweiten Klappstuhl des kleinen Standes Platz genommen hatte. Die Frau hatte genau den ironischen Unterton in der Stimme, den Mareile bei ihr erwartet hatte.

„Bunt.“, antwortete sie. „Das ganze Gesicht. Ein Kindheitstraum!“.

Die Frau sah sie prüfend an, und Mareile fühlte sich plötzlich unbehaglich. Hatte sie zu fettige Haut für solche Aktionen? Zu viele Pickel? Zu viele Falten? Aber die Künstlerin grinste nur, sagte „Wie Sie meinen.“ und griff zu einem kleinen Schwämmchen. Zehn Minuten später war Mareiles Gesicht ein in allen Regenbogenfarben schillernder Schmetterling. Lila, grün, blau, gelb, rot, ein wahrer Farbrausch. Nur zwei kleine Stellen über der Nase und am Kinn waren frei geblieben. Kein Mensch würde sie heute erkennen, sie kam sich vor wie eine venezianische Adlige, die während des Karnevals hinter ihrer Maske verborgen über die Stränge schlug. Mareile fragte sich beim Blick in den Spiegel, wie sie das Zeug später wieder abkriegte. Zum Glück würde sie Klaus erst morgen Nachmittag wieder sehen. Zeit genug für Creme, Seife und viel Schrubberei.

Sie sah Vincent von weitem. Er marschierte auf den Schminkstand zu, und sie ging ihm entgegen.

„Na, wie war's?“, fragte sie ihn. „War er so gut wie im Fernsehen?“.

Er blieb vor ihr stehen und starrte sie stumm und staunend an. Dann nahm er vorsichtig ihr Kinn zwischen Daumen und Zeigefinger und drehte ihr Gesicht leicht hin und her.

„Irre!“, flüsterte er kopfschüttelnd. Dann holte er Luft, räusperte sich und sagte: „Ja, war gut. Noch besser als im Fernsehen. Da hast Du was verpasst.“. Gemeinsam liefen sie in Richtung Große Fontäne, wo wie jedes Jahr eine Schauspielertruppe einen Theaterklassiker auf eine Länge von 15 Minuten eindampfte. In diesem Jahr war „Macbeth“ an der Reihe. Mareile lachte Tränen. Als sie das Stück in der Schule hatte lesen müssen, fand sie es schrecklich.

Blutrünstig und gruselig und völlig ungeeignet, ihr die ohnehin ungeliebte englische Sprache näher zu bringen. Englisch war ja auch nicht ihr Fach gewesen, noch nie. Sie hatte es trotzdem in der Oberstufe als Leistungsfach belegt, weil Vincent ihr erfolgreich eingeredet hatte, dass man als Mediziner gut Englisch können müsse, wegen der vielen Kongresse im Ausland und so. Sie hätte auf ihren eigenen Verstand hören und neben Biologie Mathematik als zweites Leistungsfach nehmen sollen. Das hätte ihr im Medizinstudium bestimmt weitergeholfen, und ihrem Notendurchschnitt auch. Dann hätte sie Medizin studieren können.

„Hast Du eigentlich das Medizinstudium geschafft?", fragte sie ihn auf dem Weg zu einer russischen Akrobatengruppe, die mit Porzellankaffeekannen jonglierten, wie sie vorhin im Vorbeigehen gesehen hatten.

Er zuckte die Schultern. „Klar. War ja irgendwie vorgezeichnet. Mein alter Herr hätte mich enterbt, wenn ich was anderes als Arzt geworden wäre.".

Na klar, dachte Mareile bitter. Was sonst! Wenn der Alte es will, wird man eben Arzt. Wenn's denn sein muss. Sie hatte immer den brennenden Wunsch gehabt, Ärztin zu werden, Menschen zu helfen, am besten Kindern. Davon hatte sie mit vierzehn schon geträumt, als sie sich im Schlabberkleid bei Räucherstäbchen und Erdbeertee mit ihren Freundinnen über Atomkraftwerke, Wettrüsten, die Ölkatastrophe der Amoco Cadiz und das erste Retortenbaby ereiferte, während aus dem Radiorekorder heraus Kate Bush ihre „Wuthering Heights" piepste. Eine richtige Kinderarztpraxis in einem großen Haus auf dem Land mit riesigem Garten, einem tollen Mann und natürlich einem ganzen Stall voll toller Kinder. Aber für das Medizinstudium hatte der Notendurchschnitt nicht gereicht. Aus der Traum. Arzthelferinnenlehre. Und Vincent?

„Wie ging's denn bei Dir weiter? Erzähl doch mal. Wo hast Du überhaupt studiert?".

„In Göttingen. Ziemlich lange, hat meinen alten Herrn 'ne ganze Stange Geld gekostet. Bin auch erstmal mit Pauken und Trompeten durchs Physikum gerasselt. Dieser ganze Anatomie-Mist ist wirklich nicht meine Welt.".

Meine schon, dachte Mareile wehmütig, während Vincent weitererzählte.

„Irgendwann war ich dann tatsächlich fertig, und mein Vater hat mindestens drei Kreuze gemacht.".

„Da war er bestimmt sehr stolz auf Dich.", sagte Mareile, aber Vincent bemerkte ihren Sarkasmus nicht.

„Und jetzt? Hast Du Deine eigene Praxis?".

„Quatsch! Viel zu viel Arbeit. Ich habe eine schöne gemütliche Stelle in einer Privatklinik. Schönheitsoperationen.".

„Lass mich raten: Das hat Dein Vater eingefädelt.".

Er grinste nur und zuckte die Schultern. „Solltest Du mal Dein markantes Profil begradigen lassen wollen, sag Bescheid. Ich sorge für einen Freundschaftspreis.".

„Vielen Dank für das Angebot, aber unters Messer geh ich garantiert niemals freiwillig.". Abgesehen davon war das nicht besonders charmant, Du unsensibler Trottel, fügte sie in Gedanken hinzu. Mareile ging schweigend weiter und dachte an den traurigen Tag zurück, als sie ihr Abiturzeugnis in den Händen hielt. Eins Komma neun. Sie hatte die Abiklausur in Englisch völlig verhauen. Und die mündliche Nachprüfung half ihr auch nicht mehr. In Biologie hatte sie ihre erwarteten 14 Punkte geschrieben, eine glatte Eins, aber Englisch ging natürlich daneben. Sie hatte ihren Eltern die drei Punkte beichten müssen, also eine Fünf plus sozusagen. Vincent hatte dieselben Kurse wie sie, aber ihre Stärken waren genau umgekehrt: Er war ein As in Englisch, Deutsch und Gemeinschaftskunde, sie in Biologie, Chemie und Mathe. Sie schafften es immer, die Lehrer hinters Licht zu führen und sich gegenseitig bei den Klausuren zu helfen. Fast immer. Beide wollten sie Medizin studieren - wenn auch aus unterschiedlichen Gründen.

„Oh Gott, kuck mal!". Vincent blieb abrupt stehen, packte sie am Ellbogen und deutete auf eine Gestalt im schwarzen Anzug, die ein paar Schritte vor ihnen am Rande des Weges an einer Hecke lag. Mareile folgte seinem Blick.

Na klasse, dachte sie. Toller Arzt! Statt sofort hinzurennen und zu helfen, krallt er sich an mir fest und will auf den Arm!

„Ach das!“, Mareile winkte ab. „Hast Du das nicht in der Zeitung gelesen? Irgend so eine englische Truppe findet es superlustig, im ganzen Garten ‚Leichen‘ zu verteilen. Wenn Du genau hinsiehst, erkennst Du auch die Blutlachen daneben. Blau. Blaublütig, verstehst Du? Hahaha.“, sagte sie böse in Richtung der am Boden liegenden Gestalt.

„Köstlich!“, freute sich Vincent. „Super Idee. Und wahrscheinlich regt sich die landeshauptstädtische Spießigkeit kollektiv darüber auf, was?“.

„Ja“, antwortete Mareile kurz. Sie hatte nicht die geringste Lust, mit Vincent über Geschmacksfragen zu streiten. Seit der ersten Vorstellung des Kleinen Festes waren die Leserbriefseiten der Zeitungen voll von Befürwortern und Gegnern der Gruppe, die sich „The Royal British

Association of Criminal Nonsense" nannte. Sie selbst fand die Idee unerträglich und konnte nicht verstehen, wie sich die Organisatoren zu dieser Entgleisung hatten hinreißen lassen können. Man hatte schon kleinlaut eingestehen müssen, dass diese Künstler wohl nicht noch einmal würden eingeladen werden. Vincent ging näher zu dem Mann hin und bückte sich zu ihm hinunter.

„Ich weiß gar nicht, was das Geschrei soll. Sieht man doch auf den ersten Blick, dass das ein Schauspieler ist.".

„Aha. So wie Du das eben sofort gemerkt hast, was?"

Vincent lachte. „Nun werd mal nicht zickig. Wo ist denn Dein Humor geblieben?".

Das fragte sich Mareile manchmal selbst. Irgendwann nach dem Abi, während ihrer Lehre als Arzthelferin musste er ihr abhanden gekommen sein. Vielleicht, als sie kapierte, dass ihr wunderbarer Lehrherr durchaus nicht seine Frau für sie verlassen würde. Da war sie schon schwanger von ihm. Oder vielleicht war es erst später nach der schief gelaufenen Abtreibung, als klar war, dass sie niemals würde Kinder bekommen können. Eine Tatsache, die sie ihren Eltern, deren einziges Kind sie war, bis heute verschwieg. Irgendwann damals hatte sie zumindest einen großen Teil ihres Humors verloren.

Mittlerweile hatten die russischen Akrobaten mit ihrer Vorstellung begonnen. Mareile interessierte sich nicht all zu sehr dafür, sie blickte sich lieber im Garten und unter den Besuchern um. Die Schminkkünstlerin schien kein besonders großes Repertoire zu haben. Sie hatte schon vier weitere exakt identische Schmetterlingsgesichter gesehen. Die russischen Jongleure hatten Verstärkung durch einen Clown bekommen, der - als Beleg dafür, dass die Kannen wirklich aus Porzellan waren - die eine oder andere krachend auf dem Boden zerdeppern ließ. Mareile war rätselhaft, wo sie das ganze Zeug hernahmen, wenn bei jeder Vorstellung so viel zu Bruch ging. Vincent amüsierte sich abermals prächtig, und Mareile fragte sich genervt, warum sie überhaupt hier war. Könnte sie nicht vielleicht unter einem Vorwand verschwinden? Sie könnte jetzt so schön zu Hause auf ihrem

Lieblingssessel zusammengerollt die Taschentücher voll heulen und Richard Gere anschmachten. Vincent lachte laut auf, weil der Clown wieder einmal Anstalten gemacht hatte, eine Kanne zerspringen zu lassen, sie dann aber völlig unerwartet doch äußerst geschickt auffing. Mareile verdrehte die Augen. Der altbekannte Dinner-for-one-Effekt.

„Meinst Du, die Deckel sind angeklebt?", fragte Vincent sie, immer noch lachend.

„Wenn sie es nicht wären, würde der Clown sie bestimmt pausenlos auf- und absetzen, um zu beweisen, dass sie es nicht sind", antwortete Mareile.

„Stimmt. Logisches Denken war schon immer Deine Stärke. Weißt Du was? Ich kriege Hunger. Lass uns was zu essen holen, bevor diese Runde Vorstellungen zu Ende ist, dann ist es noch nicht so voll.".

„Gute Idee. Da drüben gibt es einen ganz leckeren chinesischen Imbiss.".

„Mir wäre mehr nach Currywurst mit Pommes. Gibt es so was hier auch?".

„Nein, ganz sicher nicht, aber wenn es auch ein Steak tut, das gibt es ganz hinten, etwas versteckt. Bis wir da sind, ist allerdings wieder Pause, und es wird voll sein.".

„Egal, dann lassen wir eben die nächste Vorstellung ausfallen, wir sind sowieso noch nicht so richtig zum Erzählen gekommen.".

Da sagst Du was Wahres, dachte Mareile, das ist ja schließlich auch der einzige Grund, warum ich hier mit Dir rumlatsche. Ich will endlich wissen, was damals passiert ist, auch wenn es schon über zwanzig Jahre her ist.

„Dann fangen wir doch mal an mit dem Erzählen!" schlug sie Vincent vor. „Hast Du Kinder?".

„Na klar.". Er lachte trocken. „Du etwa nicht?".

Mareile zuckte zusammen. Sie spürte, wie ihr das Wasser in die Augen schoss und drehte sich ein wenig zur Seite. Wie konnte sie nur so blöd sein und gleich die Frage stellen, von der sie wusste, dass sie nur zum Eigentor werden konnte. Sie atmete tief durch. „Nein, keine.". Damit er nicht nachfragen konnte, schob sie die nächste Frage gleich hinterher: „Und wo lebt Ihr? Hier in Hannover?".

„Wer, wir? Ich habe gesagt, ich habe Kinder, von Familienleben habe ich nichts gesagt. Mein Sohn lebt bei seiner Mutter und meine Tochter lebt bei ihrer Mutter. Ich lebe allein in Steinhude und habe meine Ruhe.".

„Deine Ruhe.", wiederholte Mareile. Sie gingen langsam in Richtung des hinteren Gartens, sie waren schon fast wieder an der großen Fontäne. Der Kies knirschte unter ihren Schuhen. Von Zeit zu Zeit sahen sie eine der makaberen blaublütigen Gestalten am Rande des Weges liegen. „Also zwei Kinder mit zwei Müttern.", resümierte Mareile. Vincent machte eine wegwerfende Handbewegung.

„Frag lieber nicht! Ist keine besonders reife Leistung, sich gleich zwei Mal reinlegen zu lassen.".

„Wie - reinlegen?".

„Ach, ist doch immer das Gleiche: Die eine sagt, sie benutzt ein Diaphragma, die andere meint, zu diesem Zykluszeitpunkt könne nichts passieren, und schon bist Du angeschmiert. ‚Zahlemann und Söhne', das ist doch das Einzige, was die wollen!"

Mareile schnappte nach Luft. „Vincent, Du bist Arzt, Du musst doch wissen, wie sichere Verhütung geht!".

„Soll ich mir vielleicht so ein Gummiding überstreifen? Das wäre ja wohl noch schöner. Nee, wenn die keine Kinder kriegen wollen, müssen sie eben sehen, wie sie das verhindern. Aber hinterher die Hand aufhalten, das gibt's nicht. Nicht bei mir!".

„Was heißt das? Zahlst Du keinen Unterhalt oder was?".

„Manchmal schon. Manchmal nicht.". Über Vincents Gesicht huschte ein selbstgefälliges Grinsen. Er genoss es sichtlich, Mareile seine Schlauheit auseinandersetzen zu dürfen. Auf die Idee, dass sie sich gedanklich mit den Müttern seiner Kinder solidarisieren könnte, kam er überhaupt nicht. Ihre Kinderlosigkeit schien ihm wohl Gewähr genug dafür zu sein, dass sie seine Einstellung zum Thema Fortpflanzung vorbehaltlos teilte. Und da ihre Freundschaft nie einen erotischen Aspekt gehabt hatte, sprach er mit ihr wie mit einem alten Kumpel und nicht wie mit jemandem aus dem feindlichen Lager.

„Wer nichts hat, kann auch nichts zahlen. Und dass ich nichts habe, dafür sorgt schon meine Steuerberaterin.".

Hat die auch bald ein Kind von Dir, wollte Mareile schon fragen, aber dann zwang sie sich, stattdessen nur zurückzugrinsen und dabei scheinbar anerkennend zu nicken.

Während sie nebeneinander in Richtung Pavillon her schlenderten, überlegte Mareile, warum sie seinerzeit überhaupt so lange Zeit so gut mit Vincent zurechtkam. Seit sie beide mehr zufällig oder aus Versehen am Anfang der neunten Klasse nebeneinander zu sitzen kamen. Mareile hatte fest damit gerechnet, im neuen Schuljahr wieder neben ihrer besten Freundin Cornelia zu sitzen. Cornelia hatte morgens vor dem ersten Schultag auf dem Schulhof zwar vage, aber nicht ablehnend geantwortet, als Mareile sie gefragt hatte, ob sie wieder zusammen sitzen wollten. Als sie dann, wie jedes Jahr am ersten Schultag, ins Klassenzimmer gestürmt waren, war Cornelia sofort wie eine Wilde auf einen Platz zugestürmt und hatte den danebenliegenden für Andrea frei gehalten. Mareile dachte manchmal noch heute kopfschüttelnd an das Bild: Cornelia, die zu dem Platz stürmt, sich darauf setzt, ihre Schultasche auf den Nachbarstuhl knallt und dabei pausenlos fast hysterisch Andreas Namen kreischt. Mareile war wie vom Donner gerührt gewesen. Sie hätte damit leben können, sich eine neue Sitznachbarin zu suchen, wenn sie es nur rechtzeitig gewusst hätte, aber Cornelia hatte ihr keine Chance dazu gelassen. So war ihr nur der Platz neben Vincent geblieben, neben den sich niemand freiwillig gesetzt hätte, weil er immer ein wenig seltsam war. Er spielte nie mit den anderen Jungs Fußball, sondern mit irgendwelchen Sonderlingen Minitrix-Modelleisenbahn, hörte komische Musik und las Bücher über grässlich aussehende Tiefseefische oder irgendwelche Feldzüge. Welche Sorte Parkas oder Jeans gerade angesagt war, hatte ihn nicht interessiert. Sie kamen gut miteinander klar, auch wenn ihre Nachbarschaft wenig mit echter Freundschaft zu tun hatte. Sie merkten einfach sehr schnell, dass sie sich perfekt ergänzten: Mareile mit ihrem Sinn für Logik, der ihr Mathematik und Naturwissenschaften leicht machte. Und Vincent, der sich oft mit den Lehrern auf abseitige Diskussionen einließ, weil ihm das Reden leicht fiel und weil er sich gern reden hörte. Vincent, der in den „Laberfächern", wie sie das damals nannten, brillierte. Sie ließ ihn abschreiben, er ließ sie abschreiben. Privat trafen sie sich fast nie. Einmal war sie bei ihm zu Hause gewesen, sie hatten für eine Mathearbeit gelernt. Mit anderen Worten: Sie gab Vincent eine Nachhilfestunde auf den letzten Drücker. Sein Vater, der stadtbekannte Internist, hatte sich gar nicht erst bemüht, freundlich zu ihr zu sein. Als sie zwischendurch mal aufs Klo musste, hörte sie vom Flur aus den Arzt zu seiner Frau im Wohnzimmer sagen: „Hat er das nötig, sich von so einer Rotzgöre aus irgendeinem Hochhaus was erklären zu lassen? Ich habe gleich gesagt, lass uns einen richtigen Nachhilfelehrer engagieren.". Mareile fühlte sich körperlich unwohl in dem großen, schicken Haus und stapfte zielsicher in jeden Fettnapf, den Vincents Vater und seine gelangweilte Frau ihr hinstellten. „Frau Doktor" war angezogen und frisiert und roch, als ob sie gleich ausgehen wollte. Das war ihr erster und letzter Besuch bei ihrem langjährigen Banknachbarn. Er kam dann ein paar Mal zu ihr nach Hause. Ihre Eltern waren den ganzen Tag bei der Arbeit, sie hatten eine Tankstelle. So war die Wohnung angenehm leer.

Verliebt in ihn war sie nie - genauso wenig wie die anderen Mädchen. Vincent war einfach zu merkwürdig und zu erwachsen, um angehimmelt zu werden. Erwachsen in einem langweiligen Sinn, nicht die Art Erwachsensein, die Mädchen im Teenageralter fasziniert.

Mittlerweile waren sie an dem Imbissstand im hinteren Teil des Gartens angekommen. Es roch nach gebrutzeltem Fleisch. Vincent bestellte ein Steak und ein Glas Bier. Mareile hatte nicht so viel Hunger und begnügte sich mit einer kleinen Portion Reibekuchen und einer Cola. Inzwischen hatten die Vorstellungen wieder begonnen. Mareile und

Vincent machten sich an einem Stehtisch über ihre Mahlzeit her.

„Toll ist das hier nicht.“, knurrte Vincent, als er mit dem Steakmesser an seinem Fleischstück herumsäbelte, dabei den runden Tisch ins Wackeln und sein Bier zum Schwappen brachte. „Komm, lass uns da drüben zu der Bank gehen. Das ist zwar nicht so rückenfreundlich, aber die steht hoffentlich fest auf dem Boden.“. Mareile griff nach ihrem Glas und dem Teller und marschierte mit Vincent los. Inzwischen war es dämmrig geworden. Sie ließen sich auf der tatsächlich vollkommen standfesten Bank nieder, die in einem Halbrund von riesigen Buchsbäumen stand. Darin war es noch etwas dunkler. Mareile stellte das Glas neben sich und sah Vincent zu, wie er etwas unbequem zur Seite gewandt sein Steak weiterbearbeitete. Er musste wirklich sehr hungrig sein, denn er konzentrierte sich ganz auf das Essen.

Zwanzig Jahre alte Bilderfetzen tanzten vor ihrem Auge: Abitur. Mareile, wie sie, mit fast schmerzhaft klopfendem Herzen, ein Blatt vom Schwarzen Brett nahm und es gegen ein gleich aussehendes, aber auf der Rückseite eng beschriebenes austauschte. Mareile, wie sie ein anderes Blatt vom Schwarzen Brett nahm und versteinert die leere Rückseite betrachtete.

Es war ein perfekter Plan gewesen. Abschreiben während der Abiklausur war völlig ausgeschlossen, die Lehrer passten auf wie die Schießhunde. Mareile und Vincent hatten sich ein anderes System überlegt: Am Schwarzen Brett der Schülerverwaltung in einer dunklen Ecke kurz vor den Toiletten hängten sie ein Din-A-4-Plakat auf. „Freiwillige für die Planung des Abi-Balles gesucht.“ Davon hatten sie mehrere Kopien. Eine davon hatten sie jeweils während der Klausur zusammengefaltet in der Hosentasche. Auf der Toilette würden sie die Rückseiten dieser Kopien voll schreiben mit Lösungen und Hilfestellungen für den anderen. Das ging nur mit erheblicher Gedächtnisleistung, denn sie wollten nicht das Risiko eingehen, sich im Klassenraum entsprechende Notizen zu machen. Sie hatten das eigens in den Wochen vorher trainiert, und es funktionierte, wie sie feststellten. Auf dem Rückweg würden sie das echte Plakat vom Schwarzen Brett abnehmen und das Vollgeschriebene hinhängen. Das waren die zwanzig Sekunden Angst. Der andere würde auf dem Weg zur Toilette die Plakate erneut austauschen, die Infos mit in die Toilette nehmen, dort auswendig lernen und anschließend wegspülen. Sie hatten sogar daran gedacht, auch das Originalplakat, an dem alle jeden Tag vorbei gingen, vor dem Aufhängen ebenfalls zusammenzufalten, damit sich nicht womöglich jemand über die Knicke wundert. Und es hatte fabelhaft funktioniert. Die Biologie-Klausur war zuerst dran. Mareile fand sie leicht, aber ihr war sofort klar, dass Vincent sie niemals schaffen würde. Und da sie sich schon so lange kannten, wusste sie auch, was er für Informationen brauchte, um einigermaßen damit klar zu kommen. Erst ging sie zur Toilette, kurz danach er. Sie hatten verabredet, nie über dieses Manöver zu sprechen. Nicht allein und schon gar nicht in Anwesenheit anderer. Sie wollten sich auch keine geheimen Zeichen geben, dass es geklappt oder aus irgendwelchen Gründen nicht geklappt hätte. Die Gefahr war zu groß, doch noch aufzufliegen. Sie hatten sich auch geschworen, sich nicht gegenseitig zu verraten, wenn einer überführt werden sollte.

Vincent hatte sensationelle zehn Punkte geschrieben, soviel wie noch nie. Der Biologielehrer hatte ihn angegrinst und gemeint: „Schade, dass Sie erst so spät gemerkt haben, dass sich das Lernen lohnt, Vincent. Aber besser spät als gar nicht, was?“.

Und dann: Das leere Plakat.

Keine Übersetzung ungewöhnlicher englischer Vokabeln, keine Tipps für Gedanken, die sie unbedingt unterbringen müsste, keine Inhaltsangabe, kein Interpretationsansatz für den merkwürdigen Text. Nichts.

Ein weißes Blatt.

Mareile war so verblüfft gewesen, dass sie vollkommen neben sich stand und das Plakat ständig hin- und her wendete, was sicher auffällig gewesen wäre, wenn es jemand gesehen hätte. Sie verstand gar nichts. Aber er war doch vorher draußen gewesen! Hatte er die Plakate verwechselt? Das falsche aufgehängt? War er erwischt worden? Mareile erinnerte sich an die Übelkeit, entstanden aus Panik und Verzweiflung, die in ihr hochgestiegen war. Sie war zur Toilette gegangen, zehn Minuten dort geblieben und hatte anschließend noch mal ihr Glück am Schwarzen Brett versucht, natürlich mit dem selben Ergebnis. Nichts.

Sie war in den Klassenraum zurück geschlichen und hatte sich weiter durch die unverständlichen Aufgaben und den kryptischen Text gequält. Eine halbe Stunde vor Schluss hatte sie aufgegeben und war gegangen. Vincent war ihr von da an aus dem Weg gegangen, sie saßen auch nicht mehr nebeneinander. Alle hatten gedacht, sie hätten sich gestritten.

Vincents Durchschnittsnote hatte für das Medizinstudium gereicht. Die Bundeswehr wollte ihn nicht haben, Mareile konnte sich denken, wer das passende Gutachten geschrieben hatte ... Und sie hatte beschlossen, dann eben erst eine Lehre als Arzthelferin zu machen, um später zu studieren. Nach der Abtreibung hatte sie aber jede Energie und jeden Ehrgeiz verloren.

Sie war immer noch Arzthelferin, inzwischen bei einem Hals-, Nasen-, Ohrenarzt, und beobachtete misstrauisch die Auszubildenden, ob sich eine ähnliche Katastrophe anbahnte wie bei ihr selbst. Doch ihr Chef hätte bei den Mädchen sicher nicht landen können - selbst wenn er gewollt hätte. Übergewicht, Halbglatze und väterliches Gehabe waren nun mal nicht sexy. Ihre eigenen Beziehungen waren nie von langer Dauer. Früher oder später musste sie bekennen, dass sie niemals Kinder bekommen könnte, und dann dauerte es meist nur noch ein paar Monate, bis wieder Schluss war - natürlich vorgeblich aus einem ganz anderen Grund. Bei Klaus war das endlich anders. Er wollte keine Kinder, was zwar eigentlich für Mareile völlig unverständlich war, ihr aber wenigstens die Gewissheit bot, dass er ihre Unfruchtbarkeit nicht als Makel empfand. Schade, dass er so eifersüchtig war.

„Lecker!". Vincent wischte sich mit der Serviette die Steaksoßenreste aus den Mundwinkeln, legte Messer und Gabel ordentlich auf den Teller und atmete durch. „Schmecken die nicht?", fragte er und nickte in Richtung ihrer kalt gewordenen Reibekuchen. Mareile schüttelte den Kopf und nahm den letzten Schluck aus ihrem Colaglas. Vincent sah auf die Uhr. „Komm, wir bringen das Geschirr zurück, dann schaffen wir es noch rechtzeitig zu Herrn Schulze und Herrn - Dingsda." Sie standen auf und gingen zurück zum Imbisswagen.

Unterwegs beschloss Mareile, dass ihr Verschwiegenheitsgelübde nach zwanzig Jahren nun doch nicht mehr galt.

„Was ich Dich schon immer fragen wollte, Vincent: Sag mal, wieso hast Du mir damals im Abi in Englisch nicht geholfen?".

Vincent sah sie an und lachte. „Daran denkst Du noch?". Im nächsten Moment stolperte er und wäre beinahe hingefallen. „Diese verdammten Schnürsenkel, die gehen alle Nase lang auf!", schimpfte er. Er ging in die Knie, um sie wieder zuzubinden. Seine Frackschöße schleiften im Sand. Den Teller und sein Bierglas stellte er neben sich auf den Boden. „Alte Geschichten! Ist das denn wirklich noch wichtig?".

„Für mich schon. Ich frage mich das seit zwanzig Jahren. Ich habe Dir geholfen, und Du mir nicht. Warum?".

„Mist, jetzt habe ich mir da auch noch einen Knoten reingezogen.". Er fummelte an den Bändern herum. „Lange Fingernägel müsste man haben!", grummelte er und griff nach dem Steakmesser. Mit der Spitze friemelte er an dem Knoten herum.

„Vincent. Warum? Hast Du Dich nicht getraut?".

„Meine Güte, Mareile, da waren wir ja fast noch Kinder! Klar hätte ich mich getraut. Aber es ging nicht. - Na warte, gleich habe ich Dich, Du elender Knoten!"

„Ging nicht? Wieso ging es nicht?".

Vincent pulte weiter in aller Gelassenheit an seinen verknoteten Schnürsenkeln herum und antwortete abwesend: „Ach Gott, mein alter Herr wollte unbedingt, dass ich ein besseres Abi mache als Du. Er hat gesagt, wenn mein Schnitt eine halbe Note besser ist als Deiner, stellt er mir ein Auto vors Haus. Verstehst Du? Deswegen ging's nicht.". Vincent kicherte. „Das muss man dem Alten lassen. Der wusste, womit er mich kriegt!".

Mareile wurde schwindelig. Sie sah sich selbst, wie sie am Fenster des wie immer nach frisch getuschten Bildern und Klebstoff riechenden Kunstraumes stand. Draußen in der flirrenden Junihitze schwang Vincent sich in sein nagelneues weißes Golf-Cabrio.

Vincent kniete immer noch. Seine schwarzen Frackschöße lagen vor ihr wie zwei Schleifen an einem Trauerkranz. Weiße Kreise tanzten vor Mareiles Augen, ihr Herz hämmerte, ihr Atem ging schneller. Sie spürte, wie sie zu zittern begann, wie sich ihre Fäuste ballten, wie sie ihr Gewicht ganz auf das linke Bein verlagerte, mit dem rechten weit nach hinten ausholte und Vincent schließlich mit aller Kraft in den Hintern trat, als sei sie ein gefoulter Stürmer, der am Elfmeterpunkt Genugtuung sucht.

Vincent schrie „Ey!", ruderte kurz mit den Armen und versuchte sich abzustützen. Mareile sah, dass er das Messer immer noch in der Hand hielt, die Klinge nach oben. Dann verlor er das Gleichgewicht und kippte vornüber. Sie hörte Stoff reißen und dachte: Der schöne Frack! Vincent stöhnte kurz und blieb auf dem Bauch liegen. Ihr scharfer Verstand analysierte mit kurzem Schrecken, aber ohne Bedauern, was geschehen war. Mareile sah sich um. Vor den beiden Bühnen in der Nähe, zwischen denen sie stand, drängelten sich die Menschentrauben, die Künstler standen mittlerweile im hellen Scheinwerferlicht. Von Zeit zu Zeit hörte man die Leute lachen oder alberne Lieder singen, zu denen sie von der Bühne aus angestiftet wurden. Mareile blickte wieder hinunter auf den Toten. Sie hob sorgfältig Vincents Teller, die Gabel und das Glas auf. Langsam ging sie zum Imbissstand zurück, gab das Geschirr ab und nahm das Pfandgeld in Empfang.

Im Weggehen sah sie sich noch einmal um. Sie kniff die Augen zusammen, um etwas zu erkennen. Mittlerweile war es schon fast dunkel. Vincent unterschied sich in nichts von den anderen Frackträgern, die im Großen Garten herumlagen. Außer vielleicht in der Farbe der kleinen Pfütze, die sich unter ihm bildete. Aber das war im Zwielicht kaum zu erkennen. Eben gingen zwei angeheiterte Paare an ihm vorbei und prosteten ihm mit dem mitgebrachten Rotwein zu. Mareile fand, es sei nun Zeit zu gehen. Schade. Nun würde sie das Feuerwerk verpassen.

Annette Petersen wurde 1964 in Braunschweig geboren. Sie ist Diplom-Geographin, aber eigentlich ist das Schreiben ihr Metier, wie sie sehr schnell bei ihrer freiberuflichen Tätigkeit bei der Braunschweiger Zeitung und beim NDR feststellte.

1993 wurde sie Hörfunkredakteurin in Hannover. Dreimal wurde sie mit dem Niedersächsischen Hörfunkpreis ausgezeichnet. Seit der Geburt ihrer beiden Töchter ist sie freie Hörfunkjournalistin. 2004 erschien ihre erste Kurzgeschichte *16.50 Uhr ab Kröpcke* im Sammelband *Tatort Hannover*. Den Anstoß zu *Kleiner Mord im Großen Garten* gab ein Abi-Treffen zwanzig Jahre nach dem Schulabschluss.

Ihre Geschichten veröffentlicht sie nicht nur in den beiden *Tatort Hannover*-Sammelbänden, sondern auch als Hörbuch und demnächst in einem Kurzkrimi-Band im Wolfgang U/L/B/E/R-Verlag.

Ermittlerblut

DETLEF EHRIKE

Wohlig lässt sich Jens-Peter Hecht auf die derbe Holzbank unter der jungen Eiche nieder, blinzelt in die niedergehende Sonne, die über dem Deisterkamm steht, und streckt die Beine von sich. Sein Kommando „Auf die Bank!" wartet seine Mischlingshündin Dusty gar nicht erst ab. Mit einem schnellen Sprung ist sie auf der Bank, setzt sich sofort neben ihn und fordert ihn mit einem Stupser zum Kraulen auf. Alles wirkt auf den Beobachter vertraut und eingespielt. Aber hier, in der Linderter Feldmark südlich von Hannover, gibt es kaum Beobachter, nur ab und zu den Jagdpächter und manchmal Spaziergänger.

Hecht ist aktiver Kriminalbeamter und kennt diese Gegend wie seine Westentasche. Wenn es seine Zeit erlaubt, durchstreift er diese lieb gewonnene Landschaft mit seinem Hund. Für Hecht sind das kostbare Stunden, hier findet er Entspannung und kann über vieles nachdenken. Manchmal holen ihn Erinnerungen an seine knapp 40 Jahre Polizeidienst ein: menschliche Tragödien und auch skurrile Geschichten. Knapp über ein Jahr hat er noch bis zu seiner Pensionierung. Das wird er auch noch unbeschadet überstehen, da ist er sich ganz sicher. Nicht noch einmal will er sich die Kniescheibe im Dienst für das Land brechen und für die dabei demolierte Hose 2,40 DM Entschädigung bekommen. *Bei den Sparzwängen heutzutage hätte man das sicher abgerundet auf einen einzigen Euro!*

Offenbar hat seine Dusty genug Streicheleinheiten bekommen. Sie springt von der Bank und läuft auf die benachbarte Pferdekoppel, ihre private Mäusewiese, auf der die Wallache Filou und Paddy und die Schimmelstute Saga friedlich grasen.

Hecht bleibt auf der von der Sonne erwärmten Bank sitzen und greift zu seinem Carl-Zeiss-Fernglas aus Jena. Es stammt aus Beständen des ehemaligen Warschauer Paktes und hat eine achtfache Vergrößerung. Ein ideales Gerät. Jetzt hat er Zeit, um kreisende Raubvögel wie Bussarde oder

Habichte bei ihrer Jagd zu beobachten. Neulich hatte er Glück gehabt und einen Milan beim waidgerechten Zerteilen einer Maus erlebt. Dass er bald auf einen umherstreifenden zweibeinigen Raubvogel treffen wird, kann er nicht ahnen.

Durch das alte Militärglas überblickt Hecht die Landschaft. Ganz dicht vor seinen Augen, fast zum Anfassen, verläuft die S-Bahnstrecke Hannover - Hameln - Bad Pyrmont. Gut zu erkennen ist die Bahnbrücke, die den steil ansteigenden und steinigen Feldweg zum dicht bewaldeten Wolfsberg überbrückt. Auf halbem Wege dorthin zweigt ein weiterer Feldweg ab und verläuft parallel zum Bahndamm. *Eine günstige Ecke, um dort im undurchdringlichen Gestrüpp mit den vielen Holunderbüschen Leichen verschwinden zu lassen!*

Beim Stichwort 'Leiche' hat Hecht überdeutlich das Bild „seiner" ersten Leiche vor Augen. Seine Lippen pressen sich unwillkürlich zusammen und die Wangenknochen mahlen leicht. Diese Mordsache hatte ihn damals sehr beschäftigt, weil er am Ermittlungsanfang seinen Emotionen zu viel Spielraum gelassen hatte. Hecht stand deswegen 1974 knapp vor dem Scheitern seiner Karriere als Mordermittler.

Es war ein kalter Dezembermorgen. Leichter Schneefall nachts hatte auch auf der Stöckener Straße/ Ecke Moorhoffstraße die in Hannover übliche dünne Schneedecke hinterlassen. Gegen 04.50 Uhr traf Hecht am Leichenfundort, der gleichzeitig auch Tatort war, ein. Um keine Spuren zu verwischen, suchte er sich den Platz, wo die zuerst eintreffenden Beamten auch gestanden hatten, und verschaffte sich einen ersten Überblick. Die männliche Leiche lag in Bauchlage auf dem Gehweg. Der Kopf war nach rechts abgewinkelt und ruhte mit seiner linken Gesichtshälfte auf dem Asphalt, die Arme waren seitlich gestreckt. Die Bekleidung war ordnungsgemäß und der Wintermantel offensichtlich geschlossen.

Aus seiner Aktentasche war die Thermoskanne auf den Gehweg gefallen und zerbrochen. Der bräunliche Schnee wirkte wie Blut. Dann fiel sein Blick auf die kahle Schädeldecke des Mannes. Deutlich konnte er die abgebrochene Messerspitze erkennen, die im Knochen stecken geblieben war.

Offensichtlich kam der Mann zu Fuß mit raumgreifenden Schritten aus Richtung Stöckener Friedhof, wie seine Schuhspuren deutlich zeigten. Er war wohl auf dem Weg zur Arbeit und wurde hier zufällig zum Mordopfer. Hecht hat auch jetzt noch seine damalige unausgesprochene Frage an den Toten im Kopf, einen Gedanken, der seine Emotionen freisetzte und die er eigentlich nicht wollte: *Du Ochse, du verdammter Ochse, warum kommst du nicht fünf Minuten früher oder später? Dann würden deine Schuhspuren weiterführen!* Hecht dachte damals erschrocken: *Verdammt, so geht das nicht. Du darfst in diesem speziellen Job keine Gefühle haben, sonst gehst du dabei kaputt und kannst nur noch Eierdiebereien bearbeiten!*

Er wusste von einem erfahrenen Kollegen, der ihn als Leichensachbearbeiter in der Praxis ausgebildet hatte, dass er es erreichen müsse, nach einer Bluttat auch Currywurst mit Pommes „rot-weiß“ ohne Probleme essen zu können. Später ist ihm das auch gelungen.

Plötzlich dringt das typische Gesinge der nahenden S-Bahn aus Richtung Hameln zu ihm. Ohne das Glas von den Augen zu nehmen, weiß Hecht die fast exakte Uhrzeit: 18.15 Uhr, also keine Stunde mehr bis zum Sonnenuntergang. Die Bahnen verkehren hier genau alle halbe Stunde in jede Richtung. Da, jetzt hat er die rote S-Bahn dicht vor sich und lässt die Doppelwagen an seinen Augen vorbeirauschen. Nachdem der Zug vorbei ist, verharrt er noch wie üblich ein wenig in dieser Position und hat den Blick frei auf eine Reihe von Holunderbüschen. Es sind die Büsche, deren Früchte er im vergangenen Jahr geerntet hatte. Dann stutzt er, zieht die Augenbrauen enger zusammen und starrt angestrengt durch die Optik. Hat er da nicht gerade eine Person gesehen? Offensichtlich ein Mann mit grün-schwarzer Tarnjacke, der sich im Schutze eines dieser Büsche versteckt gehalten hatte, so schien es jedenfalls. Sofort schlägt sein kriminalistischer Riecher, in jahrzehntelangem Polizeidienst geschult, Alarm.

Der Jagdeifer ist erwacht. Sein Ermittlerblut kommt in Wallungen. *Lass diese blöden Gedanken, welche Straftaten soll man denn schon in dieser Gegend außer Jagdwilderei oder vielleicht Cannabisanbau begehen? Da musste wohl jemand mal dringend pinkeln..*

Dann beäugt er noch einmal das Umfeld der Büsche und senkt das Fernglas. Entspannt lehnt er sich zurück. Mit Blick auf die Gleise wandern seine Gedanken weit in die Vergangenheit. Breit schmunzelnd erinnert er sich an die Geschichten, mit denen er vor Jahren die jungen Auszubildenden der Kripo, damals kurz Durchläufer genannt, genervt hatte. Hechts spezielle Masche war, die jungen Hüpfer mit erfundenen, aber plausibel klingenden Sachverhalten „zu testen". Da sich das natürlich unter den nachrückenden jungen Kripokollegen herumgesprochen hatte, mussten seine Geschichten wasserdicht sein. Eine besonders harte Nuss waren für ihn damals die beiden Jungermittler „Doc" und „Römer". Diesen Fall löste Hecht mit einer erfundenen Anzeigeerstattung, in der wirklich alles stimmte. Hecht suchte als angeblich Geschädigten einen tatsächlich existierenden verheirateten Kaufmann mit Wohnsitz in Hannover aus. Dieser Mann wollte in seiner erfundenen Geschichte vom hannoverschen Hauptbahnhof mit dem Zug nach Göttingen fahren, um dort ein Geschäft mit einem Volumen von etwa 40.000,- DM abzuwickeln. Leider hatte er die Angewohnheit, keine Armbanduhr zu tragen. Er verließ sich stets auf die Bahnhofsuhren, so auch an diesem Tage. Und diese Uhr in der Bahnhofshalle an der Stirnseite zum Ernst-August-Platz sagte ihm, dass er noch eine halbe Stunde Zeit bis zur Abfahrt habe. Zeit also für einen Tee. Dieses Getränk sollte wohl das teuerste seines Lebens werden. Als er endlich am Bahnsteig 4 stand, war der Zug längst abgefahren: Die Bahnhofsuhr lief der Echtzeit genau 30 Minuten hinterher. Offensichtlich hatte sein Mitkonkurrent zu einem linken Trick gegriffen, die Uhr verstellt und somit das lukrative Geschäft für sich entschieden: Eindeutiger Betrug und damit ein Fall für die

Zwei, für „Doc“ und „Römer“, die die verstellte Bahnhofsuhr untersuchen sollten. Konnte und wenn ja wie, daran manipuliert worden sein? Hecht grinst noch breiter: *So ein Pech, dass die Uhr so hoch gehangen hat. Mann, was haben die im Bahnhof mit der langen Leiter rumgeeiert.*

Der Kriminalhauptkommissar streckt die Beine und dehnt seinen Oberkörper nach hinten. Man sieht ihm seine Zufriedenheit an, als er ein paar Blaumeisen beobachtet, die verspielt im gegenüberliegenden Kirschbaum umhertollen. Und schon wieder fällt ihm eine eigentlich unglaubliche Geschichte ein, die er 1983 inszeniert hatte und auf die die Staatsanwaltschaft hereingefallen war. In einem Strafverfahren ging es um eine mit einem Luftgewehr erschossene Blaumeise. Ein Schüler wurde dieser Tat beschuldigt. Hecht setzte sich an die Schreibmaschine und fertigte kurzfristig den Obduktionsbefund „Blaumeise“ an:

Ornithologische Rechtsmedizin Hannover, Formalinweg 13 Tel. 0511/26262-6305

Hannover, 30.03.1983

<u>Betr.:</u> Untersuchung einer Blaumeise
Eingesandt vom Polizeirevier Ronnenberg,
Tgb.-Nr.: E 583/83

Auf dem Sezierbrett liegt der Überrest eines einst flugfähigen Vogels. Nach den Markierungen der Schnabelansatzfedern sowie der Verfärbung der Hauptfedern dürfte es sich mit Sicherheit um eine Blaumeise handeln.
Die Überreste haben ein Gewicht von 65 Gramm und eine Länge von 25 cm. Diese ist gemessen von der Schnabelspitze (emporgestreckt) bis zum Ende der Schwanzfedern. Beide Beine sind eingehockt und lassen sich aufgrund der bereits abklingenden Leichenstarre nur durch leichte Gewaltanwendung gerade richten. Bei dieser Untersuchung ist leicht knirschend ein Abrieb zu hören (wichtig für die Altersbestimmung).

Bei dem sogenannten Zerzaus-Test bleiben die einzelnen Federpartikel auseinandergezaust und legen sich nicht wieder an. Der sogenannte Pickabrieb des unteren Schnabelteils beträgt genau 0,7 mm. Danach wird das Alter auf 2 bis 2,5 Jahre bestimmt.
Unterhalb der Rückendeckfedern befinden sich leichteste Kalkablagerungen. Demnach wird die Herkunft auf ein

kalihaftes Umland geschätzt. Das dürfte mit Ronnenberg gegeben sein.
Der bereits oben geschilderte Knirschabrieb ist im Bereich des linken Beines deutlicher feststellbar. Das könnte auf eine nicht unkomplizierte Flugschule ihrer Flüggezeit hindeuten. Die Meise wird demnach zuerst vermehrt Linkskurven geflogen sein und somit bei den Landeversuchen mit dem linken Bein mehrfach zuerst angeschlagen sein. Dieser Umstand ist lediglich bei Blaumeisen beobachtet worden.

Die Knorpelverformungen in beiden Flügeln deuten auf einen typischen „Aufwindflügler" hin. Flügel solcher Art haben zumeist Vögel, die ihre Nahrung in alleinstehenden und mittelgroßen Bäumen (z.B. Pflaumenbäume) suchen. Es ist bekannt, dass insbesondere Blaumeisen diese Bäume aufsuchen, wenn sie zuvor etwas Rum getrunken haben. Nach dem Genuss einer überreifen Pflaume kommt es dann in aller Regel zum sogenannten „Rumtopf-Effekt". Die Blaumeise sucht dann entweder im Kreiselflug ihren Unterschlupf oder wird eine leichte Beute des Steinbeißers. Aufgrund dieser Merkmale wird der Mageninhalt untersucht. Dieser zeigt deutlich Reste von organischen Pflanzen. Sichtbar werden an diesen Resten Verschrumpfungen festgestellt. Die feinmikroskopische Untersuchung zeigt, dass es sich dabei um Reste einer Spätpflaume handelt. Die Magenschleimhäute sind leicht alkoholartig gereizt.

Der vermeintliche Schusskanal (linke Brust in Richtung Rücken) zeigt nicht die sonst typischen Verfransungen eines Eierbechers (Munition für Luftgewehr) auf. Vielmehr werden in ihm Reste des Dornes eines Pflaumenbaumes festgestellt. Es kann daher nicht von einem Schusskanal gesprochen werden. Außerdem sind die beiden unteren linken Rippenbögen dornentypisch nach innen umgeknickt.
Aufgrund der geschilderten Untersuchungsergebnisse kann somit davon ausgegangen werden, dass die Blaumeise

entweder einem Unfall erlegen ist (beim Anflug auf einen Pflaumenbaum selbst aufgespießt) oder sie wurde Opfer eines Steinbeißers. Dieser Vogel hat die Manier, Blaumeisen, die in seinem Pflaumenbaum naschen, einfach aufzuspießen. Anhaltspunkte dafür, wie etwa „Schnabelgriff-Spuren" oder Krallenabdrücke im Daunenkleid der Blaumeise, haben sich nicht finden lassen. Es wird demnach empfohlen, den Vorgang nachfolgend vom VUD (Vogel-Unfall-Dienst) bearbeiten zu lassen.

Hochachtungsvoll,
gezeichnet Dr. Jack Erpeierlink

Bei diesen Erinnerungen könnte sich Hecht noch heute, nach über zwanzig Jahren, voller Vergnügen auf die Schenkel klopfen. Hatte doch damals irgendein anderer Spaßvogel seinen Blaumeisenbefund an die Originalakte geklemmt und ab damit an die Staatsanwaltschaft. Dort hatte man seinen Bericht für echt angesehen und den armen Schüler von Schuld frei gesprochen.

Das Bellen von Dusty, die mit dem neugierigen Wallach Paddy Fangen spielt, reißt ihn zurück in die Gegenwart.

Er wirft einen Blick auf seine Armbanduhr: 18.50 Uhr. Wieder ist eine halbe Stunde vorbei. Eigentlich müssten doch die nächsten beiden S-Bahnen schon längst durchgefahren sein. Aber weder von der nahegelegenen Station Holtensen, wo beide Züge halten, noch aus Richtung Hameln kündigen singende Geräusche das Herannahen dieser Züge an. Hecht wird dennoch nicht unruhig. Warum auch? Er ist doch nicht für die Einhaltung der Fahrpläne verantwortlich. Aber vielleicht ist ja auf den Strecken irgendetwas passiert, dass die Roten nicht fahren?

Eine Bombendrohung, ein Suizid oder vielleicht auch ein Hakenkrallenanschlag? Was schert es mich eigentlich? Alter, sei froh, im Moment lässt du die Züge schön an dir vorbeirauschen, sollen sich doch andere einen Kopf machen und in einem Jahr bist du völlig außen vor! Dann wird dir was fehlen, weiß ich jetzt schon. Vielleicht solltest du schreiben, deine Kriminalfälle, Anekdoten und andere lockere Geschichten aus dieser Zeit, wird bestimmt ein dicker Wälzer werden. Du musst dem Leser vermitteln, dass Bullen auch Menschen mit Gefühlen sind. Ja, das wär's!

Ihm fällt dabei eine kalte Januarnacht ein. 1979. Damals schnürte Hecht seinen alten Ledermantel noch enger und stapfte durch den verharschten Schnee auf den haltenden Personenzug aus Paderborn zu. Dieser wurde hier gestoppt, weil der Schaffner in einem Waggon eine weibliche Leiche gefunden hatte. Kurz vor dem Einlaufen in den hannoverschen Hauptbahnhof hatte er seinen letzten Kontrollgang und dabei eine grausige Entdeckung gemacht. Der einzige Fahrgast in diesem Waggon, eine ältere Dame, saß in Fahrtrichtung unmittelbar am Fenster. Sie hatte noch ihre weiß behandschuhten Hände über ihrem Schoß gefaltet, wie in Schlafstellung. Etwa einen Meter vor ihr war in ihrer Halshöhe die Seitenwand wie mit einem riesigen Rasiermesser waagrecht aufgeschlitzt. Dieses Messer machte aber nicht vor der Dame halt, sondern sorgte für einen glatten, sauberen Schnitt. So stellte sich Hecht damals das Werk einer Guillotine vor.

Das Makabere des Geschehens zeigten seine Ermittlungen gnadenlos auf: Am gesamten Zug war kein weiterer Einschnitt in die Außenhaut der Waggons festzustellen. Nur an diesem bestimmten und dann da, wo der einzige Fahrgast saß. Was war geschehen? An einem entgegenkommenden Güterzug war ein Teil die Ladung, eine Stahlplatte, verrutscht ...!

Da war die Uhr abgelaufen, musste so sein, ging nicht anders, hat alles seine Bestimmung!

Mit dem Lindener Bahnhof hat Hecht aber auch eine persönliche Verbindung, die ihm noch heute einen Schauer über den Rücken treiben lässt. Das aktuelle Kalenderblatt zeigte den 22. Juni 1969. Hecht war als junger Schutzpolizist auf dem damaligen 6. Polizeirevier in Hannover-Döhren, Kastanienallee, eingesetzt. Am Vormittag dieses Junitages saß er am Steuer des Funkstreifenwagens „Hanno 6 Anton“, einem Mercedes. Sein Streifenführer war ein altgedienter und erfahrener Kollege, ein echter „Bärenführer“. So machte man es damals, man teilte einem „alten Hasen“ stets einen jungen Beamten zu. Hatte sich bewährt.

Hecht verschränkt bei seinen Erinnerungen die Hände hinter seinem Nacken und zieht tief und geräuschvoll die würzige Landluft in seine Lungenflügel ein. Dann schließt er die Augen und hat die Szenen vom 22. Juni 1969 wieder vor sich. Gemächlich steuerte er damals den schweren Daimler die Hildesheimer Straße in Richtung Schnellweg hoch. Sie waren exakt in Höhe Peiner Straße, als die Funkeinsatzzentrale sie per Funk ansprach:

„Hanno 6 Anton von Hanno kommen!“. „Hier 6 Anton.“. „Standort?“. „Hildesheimer / Peiner.“. „Fahren Sie unverzüglich Lindener Bahnhof. Mit Musik. Ein Waggon brennt. Feuerwehr ist unterwegs!“. „Verstanden!“.

Hecht trat das Gaspedal voll durch, die Reifen des Daimlers drehten mit einem gequälten Gejaule durch, er ließ das Blaulicht rotieren, während der Streifenführer den Knopf des Martinshorns ständig bediente. In Windeseile hatten sie die scharfe Abbiegung von der Hildesheimer in Richtung Südschnellweg erreicht. Auf den Straßenbahnschienen passierte es, ein peitschender Knall, der Mercedes kam ins Schliddern und mit viel Mühe konnte der junge Polizeimeister Jens-Peter Hecht den ausbrechenden Daimler noch abfangen. Das war's, Reifen vorn rechts geplatzt.

„Hanno für 6 Anton kommen.“. „Hier Hanno.“. „Haben Reifenschaden. Müssen Radwechsel machen. Sie müssen anderes Fahrzeug einsetzen.“. „Habe keins frei. Machen Sie Radwechsel. Einsatz bleibt für Sie bestehen!“. „Richtig verstanden!“.

Der defekte Reifen lag im Kofferraum, das neue Rad war angeschraubt und knappe fünf Minuten vergangen. Diese

Zeit hätte für sie bequem bis zum Lindener Bahnhof ausgereicht. Da erschütterte eine riesige Explosion die Erde, in Richtung Linden stieg eine dunkle Wolke hoch und breitete sich an ihrer Spitze pilzartig aus. Irgendwie sah sie bedrohlich und auch hässlich aus.

Da lag doch der Lindener Bahnhof!

Später berichtet die Presse von einem der größten Explosionsunglücke der Nachkriegsgeschichte. Ein mit Panzer-Abwehr-Munition beladener Waggon war in Brand geraten und explodierte, als die ersten Retter eintrafen. Man zählte 12 tote und 31 zum größten Teil schwer verletzte Menschen. Der Sachschaden betrug ca. 40 Millionen DM.

Hecht bricht seine Erinnerungen ab, öffnet wieder die Augen und kehrt in die Realität zurück. Er zieht das Fernglas hoch und holt sich den Bahnhof Holtensen in die Optik. Noch zeigen die Schranken nach oben. Sein Uhrzeiger wandert auf die 19:10h-Marke, die Sonne ist schon hinter dem Deisterkamm verschwunden. Da senken sich die Schranken und kündigen das Herannahen der Züge an. Aber es kommt nur ein Kurzzug: Die rote S-Bahn aus Hannover. Gerade, als sie ohne Halt die Station durchfährt, hat Hecht sie im Visier. *Da stimmt was nicht, das stinkt zum Himmel!*

Jetzt hat der Zug noch etwa 500 m bis zur Überbrückung des Feldweges, der von Linderte nach Lüdersen führt, zurückzulegen. Trotz der eintretenden Dämmerung kann Hecht den Zug deutlich erkennen. Dann nimmt er das Glas herunter. *Verdammt, der fährt aber betont langsam, scheint ja fast wie gewollt.* Sofort steht er auf, stützt das Fernglas kontrolliert und damit erschütterungssicher auf einem Weidepfosten ab. Dann hat er die Bahn wieder im Visier. Hecht hält das Glas starr auf den langsam vorbeigleitenden Zug gerichtet. Dann erkennt er es: Ein Fenster ist geöffnet. *Das darf eigentlich nicht sein. Die Abteile haben eine Klimaanlage und die Fenster können nur mit einem Spezialschlüssel geöffnet werden. Was wird denn hier gespielt?*

Plötzliche Anspannung ruckt durch seinen Körper. Sein Ermittlerblut pocht hart gegen die Schläfen. Er ist hellwach und beobachtet nur noch das Fenster. Als das Abteil mit dem geöffneten Fenster direkt auf der kurzen Brücke ist, bemerkt er ein Lichtsignal unterhalb des Bahndammes. Dann wird eine Sporttasche aus der Fensteröffnung geschoben, ein langer Arm schwenkt sie mehrfach hin her und schleudert sie dann in hohem Bogen hinaus. Hecht kann noch erkennen, wie sie dann vom Bewuchs der steilen Böschung des Bahndammes regelrecht verschluckt wird. Das war's also: *Erpressung, Geldübergabe!*

Während er Dusty herbeipfeift, suchen seine Augen den Horizont ab. *Kein Hubschrauber weit und breit zu sehen oder zu hören. Und wo bleibt denn das Mobile Einsatzkommando? Die Jungs können doch den betonierten Feldweg von Linderte her zur Brücke ganz gut runterbrettern?*

Dann fällt ihm natürlich auch die Person mit der Tarnjacke ein. Sofort leint er Dusty an: *„Los, mein Kumpel, wir haben keine Zeit mehr für Mäuse, jetzt geht's um Ratten!"*

Es sind noch knappe schweißtreibende 500 m bis zur Brücke. *Hätte ich nur all die Pall-Mall weggelassen. Früher konnte ich auf meinem Bauch Walnüsse knacken, heute nur noch Erdnüsse!*

Jetzt ist Hecht kurz vor der Brücke und pirscht sich im Schutze der Buschreihen heran. Und dann sieht er den breiten Rücken des Mannes nur etwa vier Meter entfernt. Die Tasche hat er bereits gefunden, zerrt einen Gegenstand heraus, trampelt darauf herum und schleudert diesen im hohen Bogen in die Dornen. *Der Peilsender!*

Hecht lässt Dusty von der Leine und sofort knurrt das treue Tier. Die „Tarnjacke" dreht sich abrupt um und duckt sich wie ein Raubtier. Unvermittelt lässt er die Tasche zu Boden gleiten und zieht aus dem Hosenbund eine Pistole. Hecht registriert alles wie gelähmt und in Zeitlupe. *Eine Walther PP 7,65. Wie meine alte Kripowaffe. Scheiße! Ätzend, das verdammte Sodbrennen!*

Und in Bruchteilen von Hundertstelsekunden rasen Bilder früherer Einsätze an seiner Hirnschale entlang, verzerrte Bilder von seiner geliebten 7,65 in seiner sehnigen Hand. Vergilbte Fotos vom bewaffneten Bankräuber, dem er die Mündung seiner Walther PP auf die Nasenwurzel drückte; Bilder vom Einbrecher, der mit einer Eisenstange Hechts Schädel einschlagen wollte und der seitdem ein steifes rechtes Bein hat, Bilder vom Vergewaltiger, dem er seine 7,65 in den Nacken presste und ihn dann vom Opfer wegriss. Doch diesmal ist die geliebte Walther PP auf der anderen Seite!

Aus dem Augenwinkel sieht er, wie Dusty zum Sprung ansetzt und dem Mann an den Schussarm geht. Und dann dröhnt ohrenbetäubend der Schuss. Pulverschmauch versengt ihm die erhitzten Wangen, hinterlässt feine Einsprengungen auf der Haut. Der Schmerz peinigt ihn noch nicht, das kommt noch. Wie von einer glühenden Peitschenschnur getroffen ist die Haut mit der Obermuskulatur aufgeplatzt. Warmes Blut quillt langsam hervor – Streifschuss Oberarm links.

Dusty lässt noch nicht locker und im leichten Bogen fliegt die Walther PP zur Seite. Nach diesen Zehntelsekunden hat Hecht den Schock überwunden. Er nutzt seine letzte Chance und schreit: „Dusty, aus und bleib!". Mit tierischem Brüllen stürzt er sich auf die Waffe und prallt dabei gegen seinen Widersacher.

In einem wilden Handgemenge entbrennt der Kampf um die Waffe und damit ums nackte Leben. Hecht setzt gnadenlos seine Judokenntnisse ein, die er sich bis zum

„Erbrechen“ eingefleischt hat. Und dann kracht ein zweiter Schuss. Tödlich getroffen knickt die „Tarnjacke“ ein. Völlig ausgepumpt bleibt Hecht neben der warmen Leiche liegen. Er saugt die kühle Abendluft in vollen Zügen in seine überforderten Lungenflügel ein und spürt dankbar die nasse Hundezunge über sein dampfendes Gesicht gleiten.

Dann steht er mit zitternden Knien auf und registriert kaum, wie über ihm der Hubschrauber kreist und erste Luftaufnahmen fertigt: Hecht mit der 7,65 in der rechten Hand und zu seinen Füßen mit hochgezogenen Lefzen und gefletschtem Gebiss die wie irre bellende Dusty.

Er weiß aus eigenem Erleben, dass in diesem Moment alle Waffen der Kollegen auf ihn und Dusty gerichtet sind. In einem Reflex wirft er deshalb sofort die 7,65 zur Seite und befiehlt bestimmt: „Dusty, bleib!“. Das treue Tier gehorcht, wenn auch nur widerwillig. Als die Handschellen mit metallischem Klicken einrasten und seine Haut einkerben, hört er den Einsatzleiter des Mobilen Einsatzkommandos wie durch eine Nebelwand sagen: „Also doch zwei Täter! Und immer dasselbe, kriegen sich wegen der Knete in die Flicken!“. Dabei schaut Hecht den Feldweg entlang der Wolfsbergquelle zum Berg nach Lüdersen hoch. Dort blenden zwei Scheinwerfer auf und ein Geländewagen wendet. *Ja, stimmt, da oben ist die zweite Ratte!*

Langsam wird sein Atem ruhiger und plötzlich fühlt er den brennenden Schmerz der Schusswunde an seiner Schulter.

Ach ja, meine Lieblingsweste. Sie wird arg zerschlissen sein. Ob ich dafür heutzutage überhaupt Ersatz bekomme? Vielleicht einen halben Euro?

Detlef Ehrike, Jahrgang 1946, ist gebürtiger Lüneburger und hat seinen Wohnsitz in einer kleinen Ortschaft am südlichen Stadtrand von Hannover. Eigentlich wollte er wieder in seine Heimatstadt zurück, hat aber seit Jahrzehnten schon absolut keine Einwände mehr, in Hannover angedockt zu haben. Einen Teil seiner Freizeit verbringt er gerne in Wald und Flur mit seinem Mischlingshund „Flora“ bei ausgiebigen Erkundungsgängen. Neuerdings ist er auch leidenschaftlicher Vespa-Fahrer.

Nach seiner Schulausbildung „buchte“ er als 18jähriger die Polizeilaufbahn, der er bis heute treu geblieben ist. Nach der üblichen Ausbildung bei der Schutzpolizei (spricht für Uniform) und ersten dienstlichen „Gehversuchen“ u.a. im Rotlichtmilieu von Hannover wechselte er im zarten Männeralter von 27 Jahren zur Kriminalpolizei. Einen Großteil seiner dienstlichen Tätigkeit verbrachte er hier im Kriminaldauerdienst, der sogenannten „Feuerwehr“ der Kripo. Er lernte dabei die gesamte Bandbreite der kriminalpolizeilichen Ermittlungen, vom Einbruchdiebstahl über Raubsachen, Großbränden, Sittengeschichten bis hin zu Mordermittlungen kennen.

Aus dieser Zeit stammen auch die Ideen für „seine“ Kriminalfälle, die er bereits zu einem ersten Kriminalroman im Eigenverlag sowie im *Tatort Hannover* verarbeitet hat.

Die letzten Jahre „diente“ er dem Land Niedersachsen als Pressesprecher des Landeskriminalamtes. Auch eine spannende Tätigkeit, nur ganz anders.

Ricklinger Schlummertrunk
JÖRG **AEHNLICH**

Maria lehnte sich zufrieden in ihren alten Sessel, blickte aus dem zweiten Stock auf den rückseitigen Garten des Pflegeheimes und nahm lächelnd noch einen großen Schluck. Die Dosis war zu gering, um sie zu töten, aber stark genug, um ihn nach seinem gestrigen Auftritt in große Schwierigkeiten zu bringen. Die Zeit für das große Finale war gekommen; sie hatte alles bis in das letzte Detail geplant.

Neben der erwarteten Unruhe und Schwindelgefühlen spürte sie nun zu ihrem großen Erstaunen eine allmählich einsetzende Lähmung, die langsam von ihrem Körper Besitz ergriff. Ihr Herz raste. Das Atmen fiel ihr schwerer und schwerer, bis sie bewusstlos in den Sessel sackte und mit weit aufgerissenen fragenden Augen starb.

Hauptkommissar Heiner Rährmann drückte sich eine kalte Dose Cola auf die Stirn. Er hatte bereits einen ereignisreichen Morgen hinter sich. Sein Plan, vor Dienstbeginn bei C&A noch eine Hose zu kaufen, war gründlich fehlgeschlagen. In der Umkleidekabine hatte er feststellen müssen, dass er in den letzten Wochen offensichtlich nicht nur an Gewicht, sondern auch an Bauchumfang zugelegt hatte. Aus lauter Frust hatte er sein Vorhaben verschoben und sich gebückt, um seine Schnürsenkel zu binden. Dabei musste er versehentlich die Fransen seines Schals mit in die Senkel geknotet haben. Jedenfalls hatte er beim Aufrichten einen dumpfen Schlag im Nacken verspürt und war strauchelnd, Stirn voran, an die Seitenwand der Umkleidekabine geschlagen.

Im Büro angekommen fand er eine Nachricht auf seinem Schreibtisch, in der ihm zwei neue Kollegen zur Ausbildung avisiert wurden. Eigentlich hatte er nur mit einem gerechnet, doch in der Verwaltung war irgendetwas schief gelaufen. Auch dort steckte man mitten in der Umsetzungsphase der niedersächsischen Polizeireform. Seine Abteilung war von dieser Maßnahme ebenfalls direkt betroffen, denn erst seit wenigen Tagen füllte sie das Vakuum in dem Neubau an der Waterloostraße, das durch den Umzug einiger Fachdezernate entstanden war.

Nun standen nicht nur zahlreiche Kartons, sondern auch die beiden Neuen vor ihm. Helene Muth, eine junge Kollegin, die sich noch in der Ausbildung befand und in seinem Dezernat ihren praktischen Abschnitt absolvieren sollte und Dave Lumen, ein genauso junger Kollege des FBI, der sich bemühte, noch schnell die Reste eines Apfels zu vertilgen. Er hatte sich aufgrund seiner hervorragenden Deutschkenntnisse entschlossen, sein Studium an der Universität des FBI in Quantico durch ein

Auslandspraktikum bei der deutschen Kriminalpolizei abzurunden.

Rährmann stellte die mittlerweile warme Coladose auf den Schreibtisch und blickte in zwei erwartungsvolle Augenpaare, als sich die Tür zu seinem Büro öffnete. Ein Kollege reichte ihm einen Zettel.

„Hier, Heiner, Leiche in einem Pflegeheim, der Kriminaldauerdienst ist schon vor Ort und will, dass Du gleich raus kommst!".

„Kommen die jetzt nicht mal mehr mit einer Pflegeheimleiche klar?", erwiderte Rährmann mit leichtem Unmut.

„Wird seinen Sinn haben, wenn sie gleich einen Todesermittler am Tatort haben wollen. Schau's Dir doch einfach an!", versuchte sein Kollege ihn zu beruhigen.

Der Hauptkommissar griff nach seiner Jacke und schob die beiden Neuen aus seinem Büro.

„Wenn Ihr bei uns ein Praktikum machen wollt, dann fangen wir doch gleich mal mit ein wenig Praxis an!".

Zehn Minuten später stoppte Hauptkommissar Rährmann den dunkelblauen Passat Kombi vor einem schmucken Klinkerbau in der Höpfnerstraße, einer idyllischen Straße im Herzen von Ricklingen. Dieser Stadtteil war nicht nur einer der ältesten, auch seine Bewohner waren im Durchschnitt eher fortgeschrittenen Alters.

Er betrat mit seinen Praktikanten die großzügig geschnittene Eingangshalle und war verwundert. Sie glich in der botanischen Ausstattung eher dem Regenwaldhaus als einem Pflegeheim. Die vier Etagen endeten jeweils in Form einer Balustrade aus Glas an der dem Eingang gegenüberliegenden Seite der Halle. Während er noch mit offenem Mund in Richtung Decke starrte, an der eine Hundertschaft kleiner Halogenlämpchen einen Sternenhimmel erstrahlen ließ, spürte er einen Schlag auf die Schulter.

„Hallo Heiner, wenn wir hier Deine Hilfe brauchen, heißt das nicht, dass Du gleich in voller Tagesstärke auflaufen musst!".

Der Hauptkommissar fuhr herum und sah die muskulöse Brust eines wesentlich größeren Kollegen. Mit einem kurzen Blick nach oben erkannte er das Gesicht eines seiner ehemaligen Lieblingsschüler. Er hatte ihn vor vielen Jahren auf der Fachhochschule im Fach Kriminalistik ausgebildet und wegen seiner blitzschnellen Auffassungsgabe und seiner vorlauten Art, die seiner eigenen recht ähnlich war, sehr geschätzt.

„Hans Svensen, der lange Blonde mit dem großen Schuh!", freute sich Rährmann. „Schön, Dich mal wieder zu sehen. Und da Du schon drauf anspielst, darf ich Dir gleich meine beiden Schützlinge vorstellen. Helene Muth und Dave Lumen. Zur Zeit bei mir zur Hospitation.", erklärte er, während er den Kollegen in den Arm nahm und ihm mehrmals mit der flachen Hand geräuschvoll auf den Rücken schlug.

„Was hast Du denn für uns? Oder wolltest Du nur mal wieder meine Stimme hören?", unterbrach Rährmann seine Begrüßung.

„Die Tote riecht wie eine Marzipanfabrik.".

Der Hauptkommissar blickte erstaunt auf: „Zyankali?".

„Das war auch meine Vermutung.", erwiderte Svensen. „Die Frage ist nur, wie es in sie hineingekommen ist.".

„Dann wollen wir uns das Ganze mal anschauen.", sagte Rährmann und bedeutete seinem einstigen Schüler mit einer kurzen Handbewegung vorauszugehen. Er kam sich vor wie eine Entenmutter, als er mit seinen jungen Kollegen durch die Eingangshalle zu den Fahrstühlen schritt.

Im zweiten Stock angekommen, folgten sie einem langen Gang. An dessen Ende blieb Svensen vor einer Tür auf der rechten Seite stehen und bat Rährmann einzutreten. Doch dieser winkte ab und schob stattdessen seine drei Küken vor sich durch den Türrahmen in das Zimmer.

Ein weiterer Kollege, der Rährmann ausnahmsweise nicht bekannt war, führte mit einem Diktiergerät in der Hand die polizeiliche Leichenschau durch. Er erwiderte Rährmanns fröhliches „Moin, Moin" mit einem wortlosen Gruß.

„Was habt Ihr festgestellt?", wandte sich Rährmann an Svensen.

„Sie heißt Maria Luise Seegers. Der Notarzt hat als Todesursache einen unnatürlichen Tod durch zentrale Atemlähmung aufgrund einer Vergiftung bescheinigt. Als er hier eintraf, hatte sie dort vor dem Sessel gelegen und wurde dann von ihm und den Sanitätern auf das Bett gehoben. In dem Glas auf dem kleinen Beistelltisch befinden sich weißliche Anhaftungen. Da ich sofort diesen starken Mandelgeruch wahrgenommen habe, wollte ich keine Zeit verlieren und habe gleich bei Euch angerufen. Die Angehörigen sind bereits vom Heimleiter benachrichtigt worden und befinden sich auf dem Weg hierher.".

„Gut.", sagte Rährmann und deutete auf seine jungen Begleiter. „Wie würdet Ihr nun vorgehen?".

„Angesichts unserer Personalstärke sollten wir mehrere Teams bilden.", antwortete Helene Muth wie aus der Dienstwaffe geschossen.

„Prima Idee, Helene.", erwiderte Rährmann. „Es macht Euch doch nichts aus, wenn wir beim ‚Du' bleiben? Ich heiße übrigens Heiner.".

„Kein Problem, Ihr könnt mich ‚Helmut' nennen. Das sagen die meisten meiner Kollegen.".

Alle sahen Helene Muth verwundert an, als ihnen klar wurde, dass sich dieser Spitzname geradezu aufdrängte. Während Rährmann noch überlegte, ob man Helmut dann mit „th" schreibt, waren alle Blicke auf Dave Lumen gerichtet. Doch dieser sagte nur: „Für uns Amerikaner stellt sich diese Frage nicht, so you guys can call me Dave.".

„Also nun zu Helmuts Vorschlag. Ihr beide bildet das erste Team und beginnt mit der Befragung des Personals: Wer hat auf dieser Station Dienst? Gab es Besucher in der letzten Zeit? Und nehmt auch gleich die Pflegeakte von Frau Seegers mit!".

Helene und Dave nickten und verließen das Zimmer, während sich Rährmann zu Svensen und seinem Kollegen drehte: „Ihr beginnt mit der Spurensicherung, und ich bilde das dritte Team und werde mich mit den Angehörigen beschäftigen, sobald sie eintreffen.“.

Mit diesen Worten verließ auch er das Zimmer. Er rechnete nicht wirklich damit, dass seine beiden Schützlinge viele Informationen erhalten würden. Aber er war ein Freund davon, die neuen Kollegen gleich ins kalte Wasser zu werfen.

Im Vorbeigehen blickte er in das Stationszimmer und sah, wie sich Helene mit einem Pfleger unterhielt und währenddessen die komplette Unterhaltung in ihr Merkbuch mitzustenografieren schien. Dave starrte dabei derart penetrant in das Gesicht des jungen Mannes, als würde an seiner Nase ein dicker Popel hängen.

Kopfschüttelnd ging Rährmann in Richtung Fahrstuhl. Schon von der Balustrade am Ende des Ganges aus erkannte er ein Pärchen, das hastigen Schrittes die Eingangshalle betrat und zum Empfangstresen stürmte. Sie trug einen roten Mantel zu einer lindgrünen Bluse und machte einen eher verwirrten Eindruck. Der Mann schlappte mit übel gelaunter Miene ein gutes Stück hinter ihr.

Rährmann sah, wie die Dame am Empfang kurz mit der Frau sprach und dann in den zweiten Stock in seine Richtung deutete. Die Frau blickte zu ihm hoch und stolperte sogleich auf ihren hochhackigen Schuhen zum Fahrstuhl. Dicht gefolgt von ihrem missmutigen Begleiter.

Als die Fahrstuhltür sich öffnete, streckte Rährmann der Frau seine Hand entgegen.

„Ich bin Hauptkommissar Rährmann, mit wem habe ich das Vergnügen?“. Seine Worte schienen ihm im selben Moment unpassend, was der Dame nicht entgangen zu sein schien. Tränen stiegen in ihre Augen, sie ergriff seine Hand und stellte sich vor.

„Mein Name ist Conny Seegers. Bei der Toten handelt es sich um meine Mutter. Das ist mein Mann Bernd.“.

„Mein aufrichtiges Beileid, Frau Seegers. Vielleicht können wir uns in der Sitzecke dort vorne ein wenig unterhalten, bevor wir in das Zimmer Ihrer Frau Mutter gehen?". Rährmann hatte zu einem seriösen Tonfall zurückgefunden.

Frau Seegers nickte und folgte ihm zu der von Yucca-Palmen umrahmten Ledergarnitur.

„Was können Sie mir über Ihre Mutter sagen?".

„Sie lebte hier seit knapp einem Jahr. Nach dem Tod meines Vaters hat sie die Apotheke aufgegeben ...".

„Die Apotheke?", fiel Rährmann ihr ins Wort.

„Ja, meine Eltern hatten eine Apotheke. Warum ist das so wichtig für Sie?".

„Frau Seegers, wir haben Grund zu der Annahme, dass eine Kaliumzyanid-Vergiftung todesursächlich gewesen ist. Was können Sie mir über den Gemütszustand und die körperliche Verfassung Ihrer Mutter sagen?".

Da wurde der bis dahin stumme auf einmal Ehemann munter.

„Also wenn es darum ging, uns das Leben zur Hölle zu machen, war die alte Hexe fit wie ein Turnschuh!".

„BERND! Wie kannst Du so etwas sagen?", schrie Conny Seegers, während ihre Augen aufs Neue mit Tränen geflutet wurden.

„Ist doch war.", brummelte der Ehemann in seinen nicht vorhandenen Vollbart.

Der Hauptkommissar hatte sich währenddessen bequem in seinen Sessel gelehnt und darauf gewartet, dass die Befragung noch weiter eskalieren würde. Etwas Besseres gab es für einen Ermittler gar nicht, als dass die Verdächtigen mit einer Art unsichtbarer Fahne wedelten und zu rufen schienen: „Hallo! Ich hätte sie am liebsten auch umgebracht!".

„Vermuten Sie etwa, dass meine Mutter sich das Leben genommen hat?", fand Frau Seegers wieder in die Konversation zurück.

„Lassen Sie es mich mit einer Gegenfrage beantworten: Hätte sie einen Grund dazu gehabt?".

„Nein, überhaupt nicht. Bei unserem letzten Besuch haben wir noch ein Tapetenmuster ausgesucht, weil sie ihre kleine Wohnung dort oben renovieren lassen wollte. Das würde sie doch nicht machen, wenn sie vorhätte, sich umzubringen. Und wie soll sie überhaupt an das Gift gekommen sein?".

„Das ist eine zweite sehr interessante Frage.", entgegnete der Kommissar. „Hatte sie noch Zugang zu Altbeständen aus der Apotheke?".

„Nein, alles was von damals noch übrig ist, lagert bei uns im Keller.".

Bei den letzten Worten fiel dem Hauptkommissar ein kaum merkliches Stocken in der Stimme von Frau Seegers auf. Über was hatte sie nachgedacht, während sie diesen Satz sprach? Rährmann wollte das Gespräch nicht überstrapazieren und bot den Eheleuten Seegers an, die Verstorbene noch ein letztes Mal zu sehen. Die Tochter nahm das Angebot dankend an und folgte Rährmann zum letzten Zimmer auf der rechten Seite. Der Ehemann zog es vor, in der Sitzecke zu bleiben und zündete sich eine Zigarette an.

Rährmann klopfte an die Tür und musste, als er durch einen Spalt hineinlugte, feststellen, dass seine Kollegen die Spurensicherung abgeschlossen und das Zimmer offensichtlich schon verlassen hatten. Die Tote lag mit einem Laken bedeckt auf dem Bett.

„Frau Seegers,", begann Rährmann, „ich werde Sie jetzt einige Minuten mit Ihrer Mutter allein lassen. Dann komme ich noch einmal kurz zu Ihnen, um mir Ihre Personalien zu notieren und ihnen das weitere Verfahren zu erläutern.".

Kurz nickend betrat sie vorsichtig das Zimmer und Rährmann schloss leise die Tür. Aufgeregt diskutierend kamen ihm seine Auszubildenden entgegen, als er gerade nach ihnen Ausschau halten wollte.

„Und?", fragte Rährmann, „Was habt Ihr mir zu berichten?".

Da sprudelte es auch schon aus Helene heraus: „Das kannst Du Dir nicht vorstellen. Als erstes war die Pflegeakte verschwunden und niemand konnte mir sagen, wo sie geblieben ist. Nachdem Dave etwas direkter geworden ist, sollte sie sich angeblich beim Heimleiter befinden. Als wir sie dort abholen wollten, hat der sich geweigert, uns die Akte auszuhändigen. Und da alles Diskutieren nichts genutzt hat, habe ich sie kurzerhand beschlagnahmt!".

Rährmann verdrehte die Augen. Dieses Mädchen war wirklich ein Phänomen. Kaum eine Stunde war sie ihm unterstellt und schon hatte er einen aufwändigen Verwaltungsakt am Hals. Eine Beschlagnahme bedeutete, dass er innerhalb von drei Tagen den Beschluss eines Richters benötigte.

„Das war aber noch nicht alles!", fuhr Helene fort. „Als nächstes haben wir uns mit dem zuständigen Pfleger, einem jungen Burschen namens Dennis Kropp, unterhalten. Und der hat das Blaue vom Himmel heruntergelogen.".

„Woher wollt Ihr denn das wissen?", fragte Rährmann ungläubig.

Diesmal bekam er die Antwort von Dave Lumen.

„Während er auf Helmuts Fragen geantwortet hat,

schaute er ständig nach oben rechts.".

Das verblüffte den Hauptkommissar. Nicht einmal die Tatsache an sich, sondern vielmehr, dass es diesen beiden Grünschnäbeln aufgefallen war. Die linke Hirnhälfte übernahm beim Menschen den logischen und rationalen Part, die rechte den kreativ- künstlerischen. Schaut also jemand beim Nachdenken in Richtung seiner rechten Hirnhälfte, denkt er nicht nach, sondern denkt sich etwas aus.

„Auf was bezogen sich denn Deine Fragen?".

„Auf nichts Besonderes. Das ist ja das Komische. Ich habe ihn nur gefragt, wann er Maria Seegers zuletzt lebend gesehen hat. Und danach sollte er mir schildern, wann und unter welchen Umständen er sie tot aufgefunden hat.".

„Wenn er schon bei diesen einfachen Fragen lügt, sollten wir ihn auf jeden Fall genauer unter die Lupe nehmen.".

Gerade als Rährmann zustimmen wollte, sah er den langen Svensen aus dem Fahrstuhl am Ende des Ganges kommen.

„Ihr seid ja noch da!", rief der Hauptkommissar ihm zu, „ich dachte schon, Ihr hättet Euch einfach aus dem Staub gemacht.".

„Wir haben unsere Koffer schon im Wagen verstaut. Ich bin nur nochmal hochgekommen, um die Beweisstücke aus dem Zimmer zu holen und Dir tschüss zu sagen."

„Die Beweisstücke sind noch im Zimmer?". Rährmann eilte auch schon auf die Zimmertür zu, die sich jedoch im selben Moment öffnete; fast hätte sein Kopf zum zweiten Mal an diesem Tag Bekanntschaft mit dem Werkstoff Holz gemacht. Heraus trat Conny Seegers, deren Make-up sich nun endgültig auf beide Wangen verteilt hatte. Sie ging an dem verdutzten Svensen vorbei und trat vor Rährmann, der diesem ein verschämten Blick zuwarf.

„Vielen Dank, dass ich meine Mutter noch einmal sehen durfte.".

Rährmann ärgerte sich immer noch furchtbar, dass er sie einfach mit den ganzen Beweisstücken allein gelassen hatte.

Während Svensen diverse Tüten einsammelte, die er auf den kleinen Beistelltisch gelegt hatte, notierte sich der Hauptkommissar die wichtigsten Daten der Familie Seegers. Er lud Frau Seegers und ihren Mann für den nächsten Tag zu einem ausführlichen Gespräch in seine Dienststelle vor.

Daraufhin kam er zurück und wandte sich noch einmal an Svensen, der inzwischen alles eingepackt hatte: „Kannst Du mir noch kurz sagen, was Ihr für Spuren habt? Dann brauche ich nicht extra auf Euren Bericht zu warten.".

„Wir haben natürlich das Glas mitgenommen, das auf dem Tisch gestanden hat. Darin waren noch weiße Anhaftungen. Mit Rußpulver konnte ich auch eine Fingerspur sichtbar machen und mit Folie abziehen. Und alles, was irgendwie nach Pulver aussah, ob Gewürz oder Vitamin, haben wir auch eingepackt.".

„Habt Ihr einen Abschiedsbrief gefunden?", wollte Rährmann wissen.

„Negativ, nichts dergleichen.", musste Svensen enttäuscht gestehen.

Die Informationen genügten dem Hauptkommissar und er verabschiedete sich mit der Bitte, beim LKA um bevorzugte Bearbeitung der Spuren zu bitten. Svensen versprach, sich darum zu kümmern und verließ das Pflegeheim.

Am nächsten Morgen besprach Rährmann gerade die Vorgehensweise für die bevorstehenden Vernehmungen des Pflegers Dennis Kropp und des Ehepaares Seegers mit seinen Praktikanten, als sein Telefon klingelte. Ein aufgeregter Hans Svensen gestand ihm, dass eines der Tags zuvor sichergestellten Asservate ausgetauscht worden war.

„Bei dem ausgetauschten Asservat handelt es sich ausgerechnet um das Glas mit den weißen Anhaftungen, an dem wir schon ein paar Fingerabdrücke mittels Rußpulver und Folienabzug gesichert hatten. Als ich den Beutel vorhin beim LKA abliefern wollte, war das Glas darin so sauber, dass es sogar mit dem Nachbarn geklappt hätte!".

Rährmann sah vor seinem geistigen Auge Conny Seegers, die - allein im Zimmer - das Glas aus irgendeinem Grund gewaschen oder ausgetauscht haben musste. Immerhin existierten ja noch die Folien mit den gesicherten Fingerabdrücken.

„Pass auf, Hans!", sagte Rährmann. „Du lässt sofort die Fingerabdrücke von gestern auswerten und gibst die Folien gleichzeitig zu den Giftexperten. Wenn da irgendwelche Giftreste an oder in dem Glas waren, hast Du sie mit der Klebefolie ebenfalls abgezogen. Das müsste für eine Materialanalyse reichen. Und lass das saubere Glas untersuchen, vielleicht sind ja Abdrücke von Conny Seegers drauf.".

Der Hauptkommissar hatte seine beiden Schützlinge gerade in die neuesten Entwicklungen im Fall Seegers eingeweiht, als es an der Tür klopfte und der junge Pfleger Dennis Kropp vorsichtig seinen Kopf in das Zimmer streckte, um erleichtert festzustellen, dass er hier wohl richtig sei. Rährmann wies ihm einen Stuhl direkt vor seinem Schreibtisch, Helene und Dave nahmen auf zwei Umzugskartons Platz, die immer noch wild im Zimmer verstreut standen.

Rährmann begann die Vernehmung mit einigen unverfänglichen Fragen über die Arbeit als Altenpfleger, kam aber schnell zu den Gewohnheiten und zur Person der Maria Seegers. Er erfuhr, dass die Familie Seegers schon seit Generationen eine Apotheke betrieben hatte. Nach dem Tod ihres Mannes hatte Maria Seegers gehofft, einen Schwiegersohn zu bekommen, der die Apotheke weiterführt. Doch bald nach der Hochzeit hatte sich Bernd Seegers, der schon mit sanften Druck gezwungen worden war, den Namen Seegers anzunehmen, geweigert, in das Geschäft einzusteigen. Daraufhin war ein Streit innerhalb der Familie ausgebrochen. Maria Seegers hatte jede Gelegenheit genutzt, um ihren Schwiegersohn zu schikanieren.

Auch im Heim war die alte Frau Seegers gefürchtet, da sie die Angewohnheit hatte, sich ihre Medikation selbst zu verordnen. Sie ließ in ihrer stolzen Art auch keine Meinungen von Ärzten oder gar Pflegern gelten. Dennis Kropp musste daher schon oft Medikamente, Vitamine und sonstige Mittelchen für sie besorgen. Diese bekam er von ihrer Tochter Conny Seegers, die noch einen riesigen Vorrat aus dem Inventar der seit kurzem geschlossenen Apotheke in ihrem Keller beherbergte.

Einen Abend vor dem vermeintlichen Selbstmord sei er noch im Hause Seegers gewesen um eine Dose Vitamin C in Form reiner Ascorbinsäure abzuholen. Das Ehepaar war zwar am Nachmittag noch zu Besuch im Heim, hatte jedoch vergessen, die georderten Vitamine mitzubringen. Darüber war wieder einmal ein derartig heftiger Streit ausgebrochen, dass Maria Seegers ihre Tochter und ihren Schwiegersohn bezichtigte, sie ins Grab bringen zu wollen. Bernd Seegers habe daraufhin durch den ganzen Flur gebrüllt, dass er das am liebsten schon lange getan hätte. Dennis Kropp gab an, nach diesem Vorfall keinen Kontakt mehr zur alten Frau Seegers gehabt zu haben und sie am nächsten Morgen tot aufgefunden zu haben.

Während Helene die gesamte Aussage mitstenografierte und Dave Lumen - wie so oft - genüsslich an einem Apfel nagte, klingelte das Telefon. Der Hauptkommissar hob den Hörer ab, nickte ein paar Mal, zog kurz die Augenbrauen hoch, bedankte sich und legte auf. Dann lehnte er sich mit verschränkten Armen zurück in seinen Stuhl und blickte Dennis Kropp lächelnd an.

„Herr Kropp, hatten Sie schon einmal mit der Polizei zu tun?".

„Wie ... Wie meinen Sie das?", stotterte dieser. „Ich habe mal ein Auto gestohlen, aber das ist schon lange her. Und den Jugendarrest habe ich schon lange abgesessen.".

„Genau das meine ich! Damals sind Sie erkennungsdienstlich behandelt worden. Und jetzt raten Sie mal, worauf wir Ihre Fingerabdrücke heute gefunden haben!".

„Wie? Was?“, stammelte Dennis Kropp, während er nervös auf seinem Stuhl hin- und herrutschte.

Der Kommissar lehnte sich ruckartig nach vorne und schrie: „Auf dem Glas, das auf dem Tisch von Maria Seegers stand!“.

„Das ist unmöglich!“, brüllte Dennis Kropp. Er sprang auf, drehte sich blitzartig um und rannte in Richtung Tür. Noch bevor er diese aufreißen konnte, zerplatzte ein Apfel, der aus Dave Lumens Richtung geflogen kam, mit derart großer Wucht an seinem Hinterkopf, dass sich die kleinen Apfelstückchen wie der Nieser eines Elefanten im halben Büro verteilten. Kropp erstarrte. Diese Schrecksekunde nutzte Helene, und trat ihm mit einem sogenannten Fußfeger die Beine unter dem Körper weg. Auch Rährmann war inzwischen um seinen Schreibtisch geeilt und warf sich mit seinem ganzen Körpergewicht auf Dennis Kropp.

Eine Stunde später saß Rährmann wieder in seinem Büro. Obwohl es ihm schwer zu denken gegeben hatte, dass Kropp - nachdem er sich auf ihn geworfen hatte - an einer akuten Atemnot litt, die durch einen Notarzt behandelt werden musste, war er in die Innenstadt gefahren. Er hoffte, durch eine Currywurst am Bratwurstglöckle den Kopf frei und den Magen voll zu bekommen.

Dennis Kropp wartete ein paar Etagen tiefer im Polizeigewahrsam auf die Fortsetzung der Vernehmung und Rährmann grübelte, ob möglicherweise auch der Treffer mit dem Apfel die Atembeschwerden ausgelöst haben könnte. Auf jeden Fall sollte er ein wenig mehr auf sein Gewicht achten.

Die Tür ging auf und Rährmanns Praktikanten, die sich um die Ingewahrsamnahme Kropps gekümmert hatten, betraten den Raum. Dave Lumen hielt einen neuen Apfel in der Hand und Helene strahlte über das ganze Gesicht. Endlich machte sich ihr Karate-Training bezahlt. Und auch Dave hatte zeigen können, was ihm im Baseballteam auf der Highschool beigebracht worden war. Doch der Hauptkommissar blickte eher unzufrieden drein. Schließlich hatte er Dennis Kropp lediglich vorgehalten, dass seine Fingerabdrücke auf einem Glas gefunden worden waren, das Conny Seegers irgendwie in den Spurensicherungsbeutel bugsiert hatte. Aber seine heftige Reaktion und sein Fluchtversuch zeigten deutlich, dass er in irgendeiner Art und Weise in den Tod der alten Dame verstrickt war. Helene brach das Schweigen, das sich im Büro ausgebreitet hatte.

„He, Heiner, träumst Du? Dennis Kropp ist außer sich. Er will sich nix anhängen lassen und uns alles erzählen.“.

„Der kann warten, jetzt sitzt er ja warm und trocken.“, entgegnete Rährmann. „Vorhin am Telefon hab ich noch mehr erfahren. Die Fingerabdrücke, die Kollege Svensen an dem mittlerweile verschwundenen Glas sichern konnte, stammen von Bernd Seegers. Auch er wurde wegen illegalen Handels mit Betäubungsmitteln bereits erkennungsdienstlich behandelt, so dass seine Fingerabdrücke ebenfalls in der Datenbank waren. Die Giftexperten vom Landeskriminalamt haben die Pulverspuren auf den Fingerabdruckfolien untersucht. Darauf haben sie nur Rußpulver und reines Kaliumzyanid gemischt mit ein wenig Ascorbinsäure gefunden.“

„Sagte der Pfleger Kropp nicht, dass er am Abend zuvor Ascorbinsäure aus dem Lager der Familie Seegers geholt hat?“ warf Helene Muth ein.

„Gut aufgepasst, Helmut!“, lächelte Rährmann in Richtung Helene. „Aber das und noch viel mehr wird uns das Ehepaar Seegers gleich erklären müssen. Sie sollten eigentlich schon hier sein.“.

Genau in diesem Moment klopfte es mehrmals an der Tür.

„Auftritt Orphelia!“, witzelte der Hauptkommissar und rief: „Herein!“.

Die Tür öffnete sich und eine ängstlich wirkende Conny Seegers gefolgt von ihrem wie gewohnt missmutig dreinblickenden Mann Bernd betrat das Büro. Die beiden Praktikanten nahmen auf ihren Stammkartons Platz und Hauptkommissar Rährmann begann mit der Vernehmung. Diesmal redete er nicht lange um den heißen Brei, sondern kam direkt zur Sache.

„Frau Seegers, ich frage Sie gleich direkt: Wollen Sie uns für dumm verkaufen? Warum haben Sie das Glas ausgetauscht?“

Conny Seegers begann zu weinen und versuchte mit tränenerstickter Stimme zu sprechen.

„Aber ich wollte doch nur meinen Mann schützen. Nachdem ich zunächst die Befürchtung gehabt habe, Bernd könnte eine Dummheit begangen haben, war ich später davon überzeugt, meine Mutter könnte IHM etwas anhängen wollen. Sie hat immer zu ihm gesagt, wenn ich mal gehe, werde ich Dich mitnehmen. Und deshalb ging ich davon aus, dass sie möglicherweise ein Glas mit Bernds Fingerabdrücken auf den Tisch gestellt hat. Aber Bernd hat mit dem Tod meiner Mutter nichts zu tun. ICH habe sie vergiftet!".

Nach diesem Satz herrschte wieder eine kurze Stille. Rährmann fand als erster seine Worte wieder.

„So! Haben Sie das?", rief er und versuchte noch einen weiteren Schuss ins Blaue, „Was ist denn mit Ihnen, Herr Seegers. Fällt Ihnen etwas zum Stichwort *Ascorbinsäure* ein?".

Bernd Seegers sprang drohend auf. „Wie haben Sie das denn herausbekommen?".

Er trat seinen Stuhl zur Seite, aber noch bevor er sich zur Flucht umdrehen konnte, zerbarst auch schon der allerletzte Apfel von Dave Lumen an seiner Schläfe und verteilte sich gleichmäßig auf Rährmann und seinen Akten. Im selben Moment, in dem Helene mit einem gezielten Tritt in Seegers Kniekehlen ein Einknicken derselben bewirkte, kam der Hauptkommissar über seinen Schreibtisch gesprungen und landete äußerst unsanft auf dem geschockten Ehemann.

Dieses Mal bedurfte es zehn Minuten und einer erneuten ärztlichen Versorgung, bis Bernd Seegers wieder bei Bewusstsein war. Woraufhin Rährmann sich endgültig vornahm, noch am selben Tag mit einer Diät zu beginnen und dem mittlerweile abgerückten Notarzt in einem Telefonat zu erklären, weshalb er ständig mit Apfelmus beschmierte Menschen in seinem Büro wiederbeleben musste.

Auch Herr Seegers war in das Polizeigewahrsam im Keller des Dienstgebäudes verbracht worden. In den folgenden Tagen schlossen sich eingehende Einzelverhöre mit allen tatverdächtigen Personen an.

Conny Seegers gestand, schon seit Wochen die Magnesiumkapseln ihrer Mutter mit einer sehr geringen Menge Zyankali versetzt zu haben. Dies tat sie, um sie auch leiden zu lassen, so wie in den letzten Jahren ihre Angehörigen unter der ständigen Quälerei von Maria Seegers gelitten hatten. Den Tod ihrer Mutter hat sie natürlich nie gewollt und deshalb eine Dosis verwendet, die im schlimmsten Fall Magenkrämpfe ausgelöst hätte.

Die gleichen Motive galten für Dennis Kropp. Auch er litt besonders in den vergangenen Monaten unter den ständigen Attacken der alten Dame. Als sie ihm an dem fraglichen Abend den Befehl gab, ihr mit Latex-Handschuhen ein bestimmtes Glas zu reichen, damit es nicht durch seine dreckigen Finger verschmutzt werde, sah er rot. Er mischte eine winzige Menge Zyankali, die er sich in einer blassen Vorahnung bei seinen Besuchen im Keller der Familie Seegers besorgt hatte, unter das Wasser, mit dem Frau Seegers ihre Magnesiumtablette runterspülen wollte. Aufgrund der getragenen Handschuhe war es ihm auch unerklärlich, wie seine Fingerabdrücke auf das Glas gekommen sein sollten. Nur hatte Conny Seegers bei ihrem heimlichen Gläsertausch offensichtlich ein Glas aus dem Schrank genommen, dass einen Tag zuvor durch den Pfleger dort hineingeräumt worden war. Um den Magen der alten Frau nicht zu sehr zu strapazieren, hatte er zusätzlich noch etwas von Bernd Seegers Ascorbinsäure mit in das Wasser gegeben, da er aus einer medizinischen Zeitung zu wissen glaubte, dass dies die Wirkung ein wenig abschwächen würde.

Damit war Rährmann bei Herrn Seegers angelangt. Dieser hatte aus purer Wut über die ständigen Nörgeleien und gezielten Attacken eine Dose Ascorbinsäure mit einer höchstens als ungesund zu bezeichnenden Menge Kaliumzyanid versetzt.

So blieb für den Hauptkommissar nur noch die Frage , warum die alte Maria Seegers darauf bestanden hatte, dass der Pfleger ein Glas mit Handschuhen anfasste, von dem sie offensichtlich wusste, dass sich darauf die Fingerabdrücke ihres Schwiegersohnes befanden. In hitzigen Debatten kamen Rährmann und seine jungen Kriminalisten zu dem Ergebnis, dass auch die ehemalige Apothekerin Maria Seegers versucht haben musste, sich mit einer geringen Menge Zyankali ein wenig zu vergiften, um so ihren Schwiegersohn ins Gefängnis zu bringen.

Diese vierfache Menge einer gerade nicht tödlichen Dosis konnte selbst vom Organismus einer Apothekerin nicht toleriert werden. So starb sie vermutlich in dem Glauben, sich bei der Berechnung der Menge geirrt zu haben.

In der gemütlichen Altstadtkneipe schräg gegenüber der Marktkirche herrschte ausgelassene Stimmung. Der Hauptkommissar prostete Helene Muth und Dave Lumen zu. An diesem letzten Abend der gemeinsamen Zeit wollte er die beiden noch einmal richtig ausführen. Noch nie hatte er in einem derart eingespielten Team zusammengearbeitet. Zwar würde er noch längere Zeit Reste von Apfelmatsch in seinen Akten finden, aber dabei immer wieder gerne an die entsprechenden Vernehmungen zurückdenken. Er nahm einen Schluck aus seinem Wasserglas und steckte fröhlich die Gabel in den gemischten Salat.

Jörg Aehnlich wurde im Mai 1972 in Hannover geboren. Bereits in seiner frühen Kindheit entdeckte er seine Liebe zum Genre „Krimi".

Zum Wintersemester 1992 begann er ein Maschinenbaustudium an der Technischen Universität Hannover. Während dieses Studiums gelang es ihm seine Kenntnisse der Kriminaltechnik durch eine mehrjährige Tätigkeit bei der Unfallforschung Hannover und einige wissenschaftliche Arbeiten im Bereich der Daktyloskopie (Fingerspurenkunde) zu vertiefen.

Seit 2001 ist er als Ingenieur in der Abteilung Forensische Kriminalwissenschaft und -technik des Landeskriminalamtes Niedersachsen tätig.

Nach dem Kurzkrimi *Tod über der Ihme* ist *Ricklinger Schlummertrunk* seine zweite Veröffentlichung. Es soll nicht die letzte sein.

Nur ihrem Frieden

ELISABETH **BRINK**

Hannoversches Sonntagsblatt, 8. Februar 2004:

Warmer Regen in der Gustav-Adolf-Straße

Teresa W., 48 J., ohne festen Wohnsitz, staunte nicht schlecht, als es gestern früh in der Gustav-Adolf-Straße in der Nordstadt „Geldscheine regnete". Wie sie unserer Reporterin Maria Bleibtreu mitteilte, dachte sie zunächst „entweder ich träume oder ich seh' Dinge, die es gar nicht gibt".

Teresa hatte die Nacht mit fünf Ratten, zwei Mäusen und drei Meerschweinchen, die sie in großen Käfigen auf einem Einkaufswagen ständig mit sich führt, in der Nähe des Hauptgüterbahnhofs verbracht. Wegen der Kälte war sie an diesem Morgen schon kurz vor vier Uhr zum Sozialamt in der Arndtstraße aufgebrochen, um sich dort bis Dienstbeginn im Eingangsbereich aufzuwärmen. Auf dem Weg zur Arndtstraße durchquerte Teresa die Gustav-Adolf-Straße.

Nachdem sie sich von der Echtheit der Geldscheine überzeugt hatte, wandte sie sich aus Furcht, für eine Diebin gehalten zu werden, an unsere Redaktion am Klagesmarkt.

Ein Experte des Landeskriminalamts Hannover versicherte uns, dass es sich bei der stattlichen Summe von EUR 50.000 nicht um Falschgeld handelt. Teresa W. hat das Geld sofort der Polizei übergeben. „Geld ist mir nicht wichtig. Für mich zählt nur die Gesundheit meiner Tiere", vertraute sie uns an.

Die Sorge um die Gesundheit ihrer Berta, eine ihrer zahmen Ratten, hatte Teresa so intensiv beschäftigt, dass sie keine genauen Angaben zum Fundort des Geldes machen konnte. Da kein Bewohner der Gustav-Adolf-Straße eine derartige Summe als vermisst oder gestohlen gemeldet hat, ist die Herkunft des Geldes bislang unklar.

Wenn dies bis zum Jahrestag des Geldregens so bleibt, wird Teresa am 7. Februar 2005 eine wohlhabende Frau sein und noch besser für ihre Tiere sorgen können. *MB*

Vor beinahe anderthalb Jahren, im September 2003, durfte ich das klösterlich-karge Ambiente der Justizvollzugsanstalt (JVA) für Frauen in Vechta verlassen und in ein winziges Apartment auf dem Engelbosteler Damm in meiner Heimatstadt Hannover ziehen. Ich hatte auf Grund eines missglückten Banküberfalls gut zwölf Jahre „gesessen" und war nun fest entschlossen, den Rest meines Lebens in Freiheit zu verbringen.

Schon am Tag nach meiner Entlassung begann ich mit der Arbeit in „Henckers Gebrauchtmöbellager" ganz in der Nähe der Straßenbahnhaltestelle Büttnerstraße im Stadtteil Vahrenwald. Diesen Arbeitsplatz hatte ich noch während meiner Inhaftierung mit Hilfe meiner Bewährungshelferin gefunden, die in ihrer sicherlich wohlmeinenden Art bei mir ständig den Eindruck erweckte, dass die Vorzüge meiner Arbeitsstelle den Rahmen jedes Normalen sprengten. „Im Sommer können Sie eine Stunde zu Fuß durch die Stadt zum Dienst gehen und das Geld für die Monatskarte sparen!", hatte Frau Krebs mit einer Begeisterung verkündet, die dem Überbringer eines Millionengewinns im Lotto besser zu Gesicht gestanden hätte.

Die Realität war alles andere als ein fantastischer Glücksfall. Meine Kollegin Diana und ich verbrachten unsere Tage im Mief und Staub einer mit Möbeln und Nippes vollgestopften Halle, deren einzige Lichtquellen aus vier kleinen Fenstern und ein paar nackten Glühbirnen bestanden. Diana war ein halbes Jahr vor mir aus der Haft entlassen worden und seitdem bei Hencker beschäftigt. Unsere Büroarbeiten verrichteten wir in einem zugigen Kämmerchen hinter dem Eingang des Möbellagers. Neben der Erledigung sämtlicher Büroarbeiten und dem Teekochen für unseren Chef Kurt Hencker umfasste unser Aufgabengebiet das Reinigen und Etikettieren der eintreffenden Möbel sowie die Säuberung der Lagerhalle. Täglich kämpften wir von neuem gegen Staubwolken und Schmutz an, und schon nach wenigen Wochen in „Henckers Gebrauchtmöbellager" litt auch ich an chronischen Rückenschmerzen und staubbedingten Atembeschwerden.

An vier Tagen der Woche arbeiteten außer uns noch Tommi und Rudi für Hencker, zwei nie ganz nüchterne junge Männer mit sehr begrenztem Wortschatz. Tommi und Rudi waren für das Auf- und Abladen großer Möbelstücke zuständig, und es grenzt für Diana und mich noch heute an ein Wunder, dass es beim Wuchten der schweren Gegenstände nie zu einem Unfall kam. Selbst ein sehr bedenklich stimmender Zwischenfall am ersten Tag meiner Tätigkeit bei Hencker ging glimpflich aus. Rudi hatte damals ein verstimmtes Klavier so ungeschickt aus dem Lieferwagen geschoben, dass das gute Stück für einen der in der Nähe herumschnüffelnden Wachhunde unseres Chefs beinahe zum Verhängnis geworden wäre.

Neben dem fast verunglückten Wachhund Idi besaß Hencker noch einen weiteren Doberman-Rottweiler-Mischling namens Amin aus demselben Wurf. Die beiden sollten Henckers Etablissement Tag und Nacht „vor all diesen Kriminellen schützen, mit denen man noch vor 60 Jahren ganz kurzen Prozess gemacht hätte". Das Gebrauchtmöbellager war ein Jahr zuvor trotz moderner Alarmanlagen mehrmals ausgeraubt worden, weshalb Hencker jetzt lieber auf „den Killerinstinkt und die Reißzähne" der Hunde als auf moderne Technik setzte. Idi und Amin liefen tagsüber frei auf dem großen umzäunten Platz vor dem Möbellager herum. Wenn Hencker uns nicht schikanierte, widmete er sich dort dem Abrichten und Scharfmachen der Hunde, wobei es sich zu unserer Schadenfreude allerdings um ein denkbar aussichtsloses Unterfangen handelte. Idi und Amin sahen zwar Respekt einflößend aus, wiesen aber zu Henckers Gram keinerlei Ähnlichkeit mit ihrem Namensgeber auf, sondern waren lammfromm und sehr verspielt.

„Sicher haben Sie schon wahnsinnig viel gelernt", vermutete Frau Krebs, meine und auch Dianas Bewährungshelferin, bei einem Gespräch zwei Wochen nach meiner Entlassung. Ich hatte wirklich einiges gelernt, vor allem, dass Leute wie Diana und ich nur äußerst begrenzte Möglichkeiten zur Gestaltung ihres beruflichen Werdegangs haben und im Namen der Rehabilitation mancherlei Unbill ertragen müssen. Dies war eine Tatsache, die auch unser Chef Hencker täglich zu betonen liebte: „Wenn ihr mich nicht hättet, würdet ihr auf den Strich gehen oder schon wieder im Knast sitzen." Oder: „Seid froh, dass ich Euch genommen habe, Mädels, denn außer mir würde niemand Euch Kriminellen eine Chance geben. Ihr seid ja auch nicht mehr die Jüngsten und Schönsten." Diese Bemerkung kam uns mit unseren 34 bzw. 37 Jahren etwas übertrieben vor, besonders in Anbetracht von Henckers Exterieur. Hencker sah mit seinen 58 Jahren kaum besser aus als das Inventar seiner „Firma", wie er sein bescheidenes Gebrauchtmöbellager in großkotziger Übertreibung zu bezeichnen pflegte. Die spärlichen Reste seines Haupthaares trug er quer über den ansonsten kahlen Schädel gekämmt, und seine Glatze wurde durch die dichten drahtigen Haare, die wie Unkraut aus seinen Nasenlöchern und Ohrmuscheln schossen, unangenehm unterstrichen. Auch Henckers Figur war alles andere als makellos. Unser Peiniger war ausgesprochen dünn, doch sein Bauchumfang hätte einer hoch schwangeren Frau zur Ehre gereicht. Durch den prall gefüllten Geldgürtel, ohne den wir Hencker niemals gesehen haben, geriet sein Bauchvolumen noch monströser. Trug er einen Anzug, war ihm beim Versuch, das Jackett zuzuknöpfen, schon mancher Knopf abgeplatzt, der dann durch das Lager katapultiert wurde und erst bei der Kollision mit einem Möbelstück zum Stillstand kam.

Bei dem Wort „Mädels" grinste Hencker Diana immer besonders abfällig an. Diana hieß bis vor drei Jahren noch Dieter und befand sich mitten im langwierigen Prozess einer Geschlechtsumwandlung. Obgleich die so sehr herbeigesehnte Operation noch nicht stattgefunden hatte, sah sie bereits sehr ladylike aus und hatte die Bezeichnung „Mädel", wenn es denn eine so abgedroschen-machohafte Bezeichnung sein musste, viel eher als ich verdient. Diana verrichtete sämtliche Arbeiten in raffinierten Schuhen mit schwindelerregend hohen Pfennigabsätzen, die sie bei ihrer ohnehin beachtlichen Körpergröße über zwei Meter in die

Höhe ragen ließen. Zu ihren Highheels trug sie schicke Kleider im Escada-Stil, die sie selbst nähte. Ihre mintgrün, kornblumenblau oder violett gefärbten Haare, die in langen Wellen bis zur Mitte ihres Rückens fielen, verliehen ihrer damenhaften Eleganz etwas angenehm Ausgeflipptes. Diana lackierte ihre unpraktisch langen Fingernägel stets im Farbton ihrer Haare und dekorierte sie zusätzlich mit glänzenden Strass-Steinchen. So war ich keineswegs erstaunt, als sie mir anvertraute, dass sie morgens über zwei Stunden brauchte, um sich herzurichten.

Einem derartigen Aufwand hätte ich mich niemals unterzogen. Ich schminke mich nicht, trage meine langen dunklen Haare zu einem praktischen Zopf gebunden und fühle mich mit meiner unsensationellen Garderobe aus Jeans, T-Shirts, einem abgelegten Bundeswehrparka meines Bruders und Turnschuhen vom Roten Kreuz völlig adäquat ausgestattet.

„Mädels" war übrigens noch die schmeichelhafteste Bezeichnung, die Hencker uns zuteil werden ließ. Meist sprach er uns einfach mit „hey, Knackis" oder „hey, ihr da" an.

Henckers Kundschaft war kaum besser als unser unliebsamer Vorgesetzter. Die sonderbaren Gestalten, die Henckers Möbellager aufsuchten, warfen ihre Jacken und Mäntel nahezu wortlos in unsere Richtung, damit wir sie an der Garderobe ordentlich auf Bügel hängten. Sie bestellten Kaffee oder Tee, ohne sich dabei der Worte „danke" und „bitte" zu bedienen, nannten niemals ihren Namen und machten selbst auf Diana und mich einen überaus zwielichtigen Eindruck. Somit wunderten wir uns auch nicht, dass alle geschäftlichen Transaktionen in bar abgewickelt wurden und wir in Henckers Möbellager weder Kreditkarten noch Schecks zu sehen bekamen.

Eines von Henckers Lieblingsthemen, über das er sich fast täglich in langen Reden erging, war die deutsche Justiz, die ihm viel zu mild erschien. Als leidenschaftlicher Befürworter der Todesstrafe bedauerte er es zutiefst, dass man „als rechtschaffener deutscher Bürger" nie in den

Genuss kam, den Vollzug eines Todesurteils live mitzuerleben, und beneidete die in dieser Hinsicht viel privilegierteren Bürger der USA glühend: „Ja, in Amerika, da geht man richtig mit dem Dreckspack um und hat als anständiger Mensch auch mal die Chance, bei einer Hinrichtung dabei zu sein.“ Ein so grauenvolles Ereignis als Zuschauer mitzuerleben, wäre für ihn der erlesenste Genuss gewesen, den ihm das Leben bieten konnte. Da ihm dies im laschen Deutschland nicht vergönnt war, informierte er sich täglich im Internet über bevorstehende Hinrichtungen in den USA und verschlang mit obszöner Gier Berichte über bereits durchgeführte Exekutionen.

Warum wir uns die täglichen Demütigungen und Henckers bizarre Vorlieben gefallen ließen, anstatt zu kündigen und Sozialhilfe zu beziehen? Sicher lag das nicht an dem Hungerlohn, den Hencker uns widerwillig zahlte. Nein, der Grund war ein völlig anderer. Durch die lange Haft waren Diana und ich es nicht mehr gewohnt, eigenständige Entscheidungen zu treffen. Vielleicht war uns dies vage bewusst, denn wir mieden jeden Anlass zu Ruhe und Beschaulichkeit. Selbst in unserer Freizeit gönnten wir uns keine Entspannung, sondern joggten Abend für Abend hustend und kurzatmig durch den Welfengarten. Trotz all der Gemeinheiten, die wir bei Hencker zu ertragen hatten, waren wir beide der Meinung, dass die Arbeit bei ihm im Vergleich zu einem untätigen Herumsitzen zu Hause das etwas geringere Übel war.

So hielten wir durch. Wenigstens durften wir in unserem Büro rauchen. Hencker erlaubte dies nicht nur, sondern ermunterte uns sogar täglich zum Verharren in unserem Laster: „Nur weiter so, Mädels, dann krepiert ihr früh und liegt der Allgemeinheit im Alter nicht auf der Tasche.“ Neben dem uneingeschränkten Konsum selbst gedrehter Zigaretten und der Freundschaft, die schon bald zwischen Diana und mir entstanden war, halfen uns besonders Idi und Amin, die Widrigkeiten unseres Alltags zu überstehen. Nach ihrem ebenso anstrengenden wie erfolglosen Training bei Hencker ruhten sich die beiden gerne in unserem Büro aus. Wir kraulten sie und verwöhnten sie mit Gummibärchen und Hundeleckerli. Selbstverständlich mussten wir unsere herzliche Beziehung zu den Hunden vor Hencker verbergen. Er hatte uns gleich zu Beginn unserer Tätigkeit jedes „Rumschmusen mit den Viechern" strengstens verboten, da er sich mit „Killerbestien, die richtig zubeißen können" und nicht mit „Schoßhündchen" zu umgeben wünschte. Allerdings suchte Hencker zu unser aller Freude nach dem Hundetraining meist ein Fitnessstudio an der Vahrenwalder Straße auf, um seinen eigenen Körper zu stählen, wodurch wir vier fast täglich zwei friedliche Stunden für uns hatten, in denen wir Mensch bzw. Hund sein durften.

Leider steigerte sich Henckers Bösartigkeit jedoch proportional zu unserer Fähigkeit, diese zu ertragen. Immer häufiger peinigte er uns mit unsinnigen Anordnungen und ständiger Kritik bis aufs Blut. Beinahe täglich kam es vor, dass Diana, das Sensibelchen, in Tränen ausbrach, wenn wir ein optimal gereinigtes Möbelstück wegen imaginärer Schmutzstellen immer wieder von neuem säubern oder einen tadellos geschriebenen Brief zigmal ändern und umformatieren mussten. Längst genehmigter Urlaub wurde meist kurzfristig wegen eines angeblich erhöhten unvorhersehbaren Arbeitsanfalls gestrichen. Dies schmerzte mich ganz besonders, als ich wegen eines solchen vorgetäuschten Arbeitsanfalls sogar dem Begräbnis meines Vaters fernbleiben musste. Mein Vater hatte nicht gerade zu den Lichtgestalten meines Lebens gehört, und ich hätte mich zu gerne persönlich von seinem Ableben überzeugt.

Doch schlimmer als alle Willkür und Demütigungen, die wir von Hencker erfuhren, war die einzige Gemeinsamkeit zwischen uns und unserem verhassten Chef. Wir drei hatten eine ausgeprägte Vorliebe für Opern. Ich war durch die Opernaufführungen im Innenhof der JVA Vechta zum Opernfan geworden. Diana, die nur das letzte Jahr ihrer Haft in der JVA für Frauen in Vechta verbracht und vor Beginn ihrer Geschlechtsumwandlung in der JVA Uelzen gesessen hatte, konnte mit Opernmusik zunächst nichts anfangen, ließ sich aber gerne von meiner Leidenschaft anstecken. So oft es unser mickriges Gehalt erlaubte, erhellten wir unser tristes Dasein durch Besuche in der Staatsoper Hannover. Zwar sind Mozart und Verdi unsere absoluten Favoriten, doch stehen wir auch zeitgenössischen Werken aufgeschlossen gegenüber.

Hencker hätten wir allenfalls eine Vorliebe für die Soundtracks zu brutalen Horrorfilmen zugetraut, in denen man sich seiner Widersacher per Axt und Säge entledigt. Doch aus seinem Büro wehten täglich himmlische Klänge in die Halle und in unser Büro herüber, die bei den Kunden Erstaunen und bei uns Entsetzen auslösten. Zu offensichtlich war der Kontrast zwischen dem düsteren Ambiente des Möbellagers und der erhabenen Musik, zu krass der Gegensatz zwischen Henckers Wesen und der Noblesse und Menschlichkeit, die in dieser Musik zum Ausdruck kommt.

Dass ausgerechnet Hencker unsere Leidenschaft teilte, nagte erheblich an unserer Selbstachtung. Wie konnte Hencker an „unserer" Musik Gefallen finden, und wie war es möglich, dass diese Musik keinerlei Veränderung in ihm bewirkte, sondern seine Bösartigkeit noch anzuheizen schien? Wenn er Diana und mich hustend und schniefend beim Putzen beobachtete, schlurfte er über den soeben gesäuberten Fußboden auf uns zu und grölte die ersten Takte des Gefangenenchors aus Beethovens *Fidelio*: „O welche Lust, o welche Lust, in freier Luft den Atem leicht zu heben." Dann setzte er seinen Vortrag mit besonderer Gehässigkeit fort: „Nur hier, nur hier ist Leben, nur hier, nur hier, nur hier ist Leben, ist Leben."

Die einzige Oper, die Hencker nicht ausstehen konnte, war Richard Strauß' *Salome,* obwohl darin sein Lieblingsthema Hinrichtungen eine bedeutende Rolle spielt. Doch dass eine Frau die Enthauptung eines braven Mannes fordert und sich den abgehackten Kopf des Bedauernswerten auch noch in einer Silberschüssel servieren lässt, ging Hencker entschieden zu weit. Er hätte es für wesentlich schicklicher gehalten, wenn Salome, die „perverse Schlampe", und nicht der arme Prophet Jochanaan geköpft worden wäre.

Henckers absolutes Lieblingsstück war seine Version der Arie des Don Ottavio „Nur ihrem Frieden weih' ich mein Leben / Nur ihre Freude kann Glück mir geben" aus Mozarts *Don Giovanni*. Hencker, der im Gegensatz zu Mozarts Edelmann nicht im Entferntesten daran dachte, dem Frieden eines anderen Menschen auch nur einen Gedanken geschweige denn sein Leben zu widmen, änderte den Text, indem er „ihr" durch „mein" ersetzte. Mehrmals täglich trieb er uns an den Rand des Wahnsinns, wenn er mit widerlicher Falsettstimme „Nur meiiiiiiiiinem Frieeeeeeeeeeden weiiiiiiiiih' ich meiiiiiiiiin Leben / Nur meiiiiiiiiine Freude kann Glück miiiiiiiiir geben" krächzte. Diese Arie wurde für uns schon bald zur Verkörperung von Henckers Bösartigkeit und Perversität.

Durch die unablässige Verballhornung der einzigen Dinge, die Diana und mich an eine andere und bessere Welt außerhalb unseres derzeitigen Gefängnisses glauben ließen, zementierte Hencker die Perspektivlosigkeit unseres Daseins, zerstörte systematisch unsere Hoffnung auf ein besseres Leben und sogar den Glauben an uns selbst. Mit jedem Tag fiel es uns schwerer, gegen das erdrückende Gefühl von Ohnmacht und Hoffnungslosigkeit anzukämpfen. Allmählich bestimmte der verzweifelte Gedanke „Hencker muss weg, oder wir gehen hier kaputt" unseren Alltag.

Doch während Diana hoffte, dass Hencker bei seinen Fitnessübungen einen tödlichen Herzinfarkt erleiden würde, war mir von Anfang an klar, dass wir uns nicht auf ein gnädiges Schicksal verlassen konnten. Denn ebenso sehr, wie Hencker den Tod für andere Menschen herbeisehnte, und zwar in möglichst grausamer Form, bangte er um sein eigenes kostbares Leben. Was seine Person anbelangte, war Hencker ein absoluter Gesundheits- und Ökofreak. Er kaufte all seine Lebensmittel im Reformhaus Schmelz am Kröpcke. Nikotin, Alkohol und Koffein mied er völlig und ließ sich von Diana und mir täglich mehrere Kräutertees zubereiten. Zu seiner Lieblingslektüre gehörten neben Informationen über Hinrichtungen unzählige Ratgeber zum Thema Gesundheit.

Nach mehreren Wochen intensiven Zuredens und Argumentierens hatte ich Diana davon überzeugt, dass wir Hencker eigenhändig umbringen mussten. Wir beschlossen, sein Ableben wie einen Selbstmord aussehen zu lassen, um möglichst wenig Verdacht auf uns zu lenken. Sehr zugute kam uns dabei die Tatsache, dass Henckers Ehe kinderlos geblieben war und seine Gattin ein Jahr zuvor das Weite gesucht hatte. Somit brauchten wir keine Nachforschungen besorgter Familienmitglieder zu befürchten.

Zu einem ordentlichen Suizid gehört natürlich ein Abschiedsbrief. Wir hatten uns ein paar Schriftproben Henckers besorgt, damit Diana anhand dieser Vorlagen eine möglichst authentisch erscheinende letzte Botschaft hinterlassen konnte. Diana ist mir in solchen Dingen deutlich überlegen und imitierte Henckers Handschrift schon nach wenigen Tagen so bravourös, dass nicht nur ich, sondern auch die Meisterin selbst Original und Fälschung nicht mehr auseinander halten konnte. Wir einigten uns schließlich auf folgende kurze aber eindeutige Mitteilung:

Ich kann dieses Scheiß-Leben nicht mehr ertragen. Meine Frau, die Schlampe, hat mich verlassen, und ich verbringe den ganzen Tag mit Ex-Knackis, perversen Möchtegern-Frauen, besoffenen Vollidioten und schwachsinnigen Hunden ohne Biss. Das ertrage, wer kann. Ich jedenfalls mache Schluss.

Für das Verfassen von Henckers Abschiedsbrief nutzten wir eine Wohnung in der Gustav-Adolf-Straße. Mieter der Wohnung war Frank, ein guter Bekannter Dianas, mit dem sie in einem Tanzstudio im Stadtteil Linden einen Tangokurs absolviert hatte. Frank arbeitete als Krankenpfleger in der psychiatrischen Abteilung eines großen Krankenhauses in Hannover, befand sich aber wegen seiner Medikamentenabhängigkeit im Landeskrankenhaus Wunstorf zum Entzug. Er hatte Diana gebeten, sich bis zu seiner Rückkehr nach Hannover um das Gießen der Pflanzen und das Leeren des Briefkastens zu kümmern. So verfügten wir über einen konspirativen Treffpunkt, der zu unserer Freude mit allem, was wir für unser Vorhaben benötigten, reichlich ausgestattet war. Auf der Fensterbank von Franks Badezimmer lag ein Karton mit chirurgischen Handschuhen, und sein Arzneischränkchen enthielt neben einem Skalpell mehrere Packungen diverser Beruhigungsmittel und Antidepressiva in unterschiedlichen Stärken und Packungsgrößen. Was mochte der arme Frank wohl im Sinn gehabt haben? Wollte er womöglich all die Medikamente schlucken, wollte er sich die Pulsadern aufschneiden, oder plante er am Ende gar einen Overkill mit Tabletten und Skalpell? Jedenfalls wussten wir nach der Inspektion von Franks Badezimmer, was wir zu tun hatten: Wir würden uns Henckers mit einem Teil der Medikamente und dem Skalpell entledigen.

Da die Beipackzettel bei den meisten von Franks Medikamenten fehlten, informierte ich mich in einem

Internetcafé über die einzelnen Präparate. Diana und ich entschieden uns schließlich für das Antidepressivum Anafranil, weil es nicht nur stark beruhigend, sondern unter Umständen auch schmerzstillend wirkt. Sein Wirkstoff Clomipramin „kann möglicherweise die ständige Einnahme von Schmerzmitteln ersetzen", wie meine Quelle NetDoktor besagte. Da wir im Gegensatz zu Hencker keine Sadisten sind und selbst Hencker keinen unnötigen Schmerzen aussetzen wollten, war uns die Möglichkeit einer schmerzstillenden Wirkung sehr willkommen.

Gleich am nächsten Tag testeten wir das Anafranil im Selbstversuch, um uns einen Einblick in das Ausmaß seiner beruhigenden Wirkung zu verschaffen und die für Hencker benötigte Menge einschätzen zu können. Vor Arbeitsbeginn schluckten wir je eines von Franks 25 mg - Dragees. Das Medikament übertraf unsere Erwartungen, denn schon diese geringe Dosis versetzte uns für den Rest des Tages in einen äußerst schläfrigen Zustand.

Am Tag nach dem Selbstversuch pulverisierte ich zwanzig der 75 mg - Retardtabletten in meiner Kochnische mit einem Mörser, den ich nach vollbrachter Zerkleinerungsarbeit ganz beiläufig bei einem kleinen Abendspaziergang in einem öffentlichen Abfalleimer verschwinden ließ.

Für die Tat wählten wir den nächstmöglichen Freitag, da an diesem Wochentag in Henckers Möbellager nie viel los war. Außerdem hatten Tommi und Rudi dann ihren freien Tag, und obwohl sie sicher nichts dagegen gehabt hätten, dass wir Hencker umbrachten, wollten wir die Zahl der Mitwisser so gering wie möglich halten.

An seinem Todestag, dem 6. Februar 2004, kehrte Hencker wie üblich um 12.30 Uhr nach dem Mittagessen in sein Büro zurück, um den Spitzwegerichtee zu trinken, den ich eine Viertelstunde vorher auf seinen gigantischen und fast leeren Schreibtisch gestellt hatte. Hencker legte größten Wert darauf, dass der Tee genau eine Viertelstunde vor Ende seiner Mittagspause ins „Manager's Office", wie er sein Büro nannte, gebracht wurde. Auf diese Weise hatte er die optimale Trinktemperatur, wenn Hencker sich an seinem Schreibtisch niederließ. Der fast lauwarme Tee, den er stets gierig in sich hineinschüttete, enthielt an jenem Freitag neben dem mit Bio-Honig gesüßten Bio-Spitzwegerichtee mein Spezial-Anafranil-Pulver. Durch den naturgemäß herbbitteren Geschmack des Spitzwegerichs und den Honig merkte Hencker offensichtlich nichts von seiner unfreiwilligen Medikation, denn als ich wenig später unter einem Vorwand an seine Tür klopfte und sie einen Spaltbreit öffnete, lag er schlaff in seinem Schreibtischstuhl. Erleichtert signalisierte ich Diana, dass alles in Ordnung war. Daraufhin brachte sie Idi und Amin auf den Hof des Möbellagers, wo sich die beiden bereitwillig an einem sonnigen Plätzchen niederließen, hängte ein Schild mit der Mitteilung „Mittagspause bis 14 Uhr" an die schwere Außentür von Henckers Etablissement und verschloss sie.

Vorsichtig öffnete ich die Tür zu Henckers Büro. An seinem Zustand hatte sich nichts geändert bis auf die Tatsache, dass sein Mund geöffnet war und den Blick auf winzige Bio-Petersilienreste zwischen seinen Zähnen freigab. Zum ersten und letzten Mal haftete Hencker etwas fast Menschliches an.

Diana und ich streiften unsere chirurgischen Handschuhe über und machten uns an die Arbeit. Behutsam drückten wir den Abschiedsbrief an Henckers Daumen, Mittel- und Zeigefinger sowie mehrere andere Stellen seiner Hand. Anschließend legten wir Dianas Meisterwerk auf Henckers Schreibtisch, übrigens auf die aktuelle Ausgabe der Zeitschrift *Men's Health*, ein Thema, über das er sich jetzt keine Sorgen mehr zu machen brauchte. Als ich gleich darauf das Skalpell zur Hand nahm, gebot Diana mir Einhalt. Schon befürchtete ich, sie hätte sich die Sache anders überlegt und atmete erleichtert auf, als ich den wahren Grund erfuhr. Diana ging es einzig und allein um ein ästhetisch-musikalisches Detail: Sie wünschte sich eine passende Musik zu Henckers Ende. Mit gut geschützten Händen nahm ich Henckers 3-CD-Edition des *Don Giovanni* aus dem Wandhalter über dem CD-Player und legte die Scheibe mit seinem Lieblingsstück auf. Nur Sekunden später erklang „Nur ihrem Frieden weih' ich mein Leben / Nur ihre Freude kann Glück mir geben, / Doch ihre Leiden brechen mein Herz ...". Als ich zur Begleitung dieser noblen Erklärung mit dem Auftrennen von Henckers Pulsadern beginnen wollte, unterbrach mich Diana erneut. Diesmal schlug sie vor: „Kerstin, lass uns schnell mal nach Scheinen in Henckers Geldgürtel sehen." Entsetzt wies ich sie zurecht: „Mann, Du Vollidiot, weißt Du denn nicht, dass ich wegen Bankraubs gesessen habe? Wenn hier Kohle verschwindet, denken die Bullen doch sofort an mich."

„Wenn schon, dann bitte ‚Vollidiotin'", korrigierte mich Diana spitz.

Obgleich ich Henckers Vorliebe für Bargeld kannte, war ich überrascht, als Diana dem Geldgürtel 80.000 Euro entnahm. Diese waren übrigens nur ein Teil der vorhandenen Barschaft. Diana ließ mehrere tausend Euro in weiser Voraussicht zurück, um nicht den Verdacht eines Raubmordes aufkommen zu lassen.

Während Diana das Geld rasch in unser Büro brachte, machte ich mich mit dem Skalpell in meiner rechten Hand schwungvoll an Henckers linkem Handgelenk zu schaffen. Kurz darauf nahm Diana das Skalpell in ihre linke Hand und durchtrennte die Arterien an Henckers rechtem Handgelenk etwas weniger schwungvoll. Wir mussten die Schnittführung so natürlich wie möglich aussehen lassen, und da Hencker Rechtshänder ist, würde er im Falle eines Suizids zuerst die Arterien des linken Handgelenks durchtrennen und die chirurgischen Maßnahmen dann mit der schon etwas lädierten linken Hand am rechten Handgelenk fortsetzen. Übrigens schnitten wir Henckers Pulsadern längs und nicht quer auf. Ich erinnerte mich noch gut an den Rat einer Mitgefangenen, die mir diese Schnittrichtung einmal wegen des schnelleren Verblutens ans Herz gelegt hatte.

Glücklicherweise war Hencker von meinem Anafranil-Pulver so betäubt, dass er uns ein völlig reibungsloses Schneiden ermöglichte. Sein Blut spritzte und pulste. Auf dem zerschlissenen Teppichboden, dem Schreibtisch und dem CD-Player bildeten sich interessante tintenklecksartige Blut-Muster, die mich ein wenig an den Kunstunterricht erinnerten, den ich vor vielen Jahren bei einer progressiven Grundschullehrerin genossen hatte. Diana und ich registrierten mit großer Erleichterung, dass wir und unsere Kleidung von Henckers Blut verschont geblieben waren.

Nach getaner Arbeit verließen wir das „Dead Manager's Office" zur Begleitung edler *Don Giovanni* - Klänge. Anschließend streiften wir unsere OP-Handschuhe ab und deponierten sie vorsichtig in einem mitgebrachten Gefrierbeutel. Diesen versteckten wir dann zusammen mit den 80.000 Euro im zuvor aufgeschlitzten Futter meines Bundeswehrparkas. Zu guter Letzt schlossen wir die Außentür des Möbellagers auf, entfernten das Schild mit der Mitteilung „Mittagspause bis 14 Uhr" und holten Idi und Amin zu uns, die sich begeistert über unsere Mittagsverpflegung, zwei Schokoriegel, hermachten. Nachdem sie sämtliche Hundeleckerli, die wir in unseren Schreibtischschubladen aufbewahrten, entdeckt und verspeist hatten, ließen sie sich zufrieden mit vollen Bäuchen zum Schlafen nieder.

Jetzt konnten wir den letzten Teil unseres Planes durchführen. Wir alarmierten die Polizei und teilten der freundlichen Stimme am Telefon mit, dass wir unseren Chef leblos und blutend vor einem Abschiedsbrief sitzend in seinem Büro vorgefunden hatten. Den nur Minuten später eintreffenden Beamten und der Notärztin erzählten wir, dass wir wiederholt bei unserem Chef an die Tür geklopft und diese schließlich geöffnet hatten, weil er sich nicht meldete. Da wir ihn gleich nach der Mittagspause in seinem Büro hatten verschwinden sehen, wussten wir, dass er anwesend war und machten uns Sorgen um ihn, zumal er „in letzter Zeit oft ziemlich depressiv war".

Die Notärztin konnte nur noch Henckers Tod feststellen. Selbstverständlich wurden wir zu dem traurigen Ereignis eingehend befragt. Wir zögerten nicht, den zunächst misstrauischen Polizisten mitzuteilen, dass wir vor unserer Tätigkeit bei Hencker inhaftiert gewesen waren und das

Ableben unseres Chefs, der uns eine Chance gegeben hatte, wieder ins Berufsleben einzusteigen, zutiefst bedauerten: „Ohne ihn müssten wir auf den Strich gehen oder säßen schon wieder im Knast“, meinte Diana treuherzig.

Henckers Abschiedsbrief wurde graphologisch untersucht und glücklicherweise für absolut authentisch befunden. Die Polizei unterzog das Möbellager und Henckers Wohnung einer gründlichen Inspektion und erkundigte sich sogar bei Henckers, Dianas, Tommis und Rudis Hausärzten nach einer Verschreibung von Anafranil - selbstverständlich mit negativem Ergebnis. In meinem Falle entfiel eine ärztliche Befragung, da ich seit meiner Entlassung aus der JVA noch keine Arztpraxis aufgesucht habe.

Mit anderen Worten: Man hat Diana und mir den Triumph über Hencker nicht geschenkt. Man ging sogar so weit, unsere Bekannten und Freunde über unser Verhältnis zu Hencker zu befragen. Besonders wichtig war die Aussage unserer Bewährungshelferin Frau Krebs, die uns mit Nachdruck eine weiße Weste bescheinigte, vermutlich weniger, weil sie an uns, sondern vielmehr, weil sie an sich glaubte. „Meine Probanden werden nicht rückfällig“, hatte sie energisch behauptet. Frau Krebs war es auch, die der Polizei von Dianas und Franks Tangokurs berichtete, aber zu spät. Der arme Frank war wenige Tage vor der Befragung unserer Bewährungshelferin in der Klinik gestorben, und als die Polizei nur Stunden nach der Aussage von Frau Krebs mit einem Durchsuchungsbefehl für Franks Wohnung in der Gustav-Adolf-Straße erschien, fand sie dort Franks Mutter vor. Sie hatte die Wohnung bereits aufgelöst und renoviert und wartete nun auf die Vermieterin, um ihr den Wohnungsschlüssel zu übergeben.

Die Obduktion von Henckers Leiche ergab, dass ein Fremdverschulden auszuschließen und sein Tod eindeutig ein Suizid war. Woher Hencker das Anafranil und das Skalpell hatte und wo er die Tabletten pulverisierte - schließlich fand man weder in Henckers Büro noch in seiner Wohnung einen Mörser - wird für die Polizei wohl immer ein Rätsel bleiben. Man muss nicht alles wissen. Ungelöste Rätsel können durchaus zu einer von Demut und Bescheidenheit geprägten Geisteshaltung beitragen, welche Diana und ich unseren Ordnungshütern nicht vorzuenthalten gedenken.

Was die Entsorgung der chirurgischen Handschuhe und des Gefrierbeutels anbelangt, so sei hier lediglich erwähnt, dass die belastenden Gegenstände in verschiedenen Seitenarmen der Leine ruhen und es sich bei ihrer Beseitigung um eine zeitraubende Aktion handelte, von der wir erst gegen vier Uhr am Morgen nach Henckers Tod zurückkehrten.

Als ich mich an jenem Morgen von Diana verabschieden wollte, nahm sie meinen Arm und zog mich mit den Worten „Und jetzt noch eine weitere gute Tat" in Richtung Gustav-Adolf-Straße und Franks Wohnung. Ich war zu müde, um zu protestieren, und ließ Diana gewähren. Die Straße war dunkel und bis auf eine Person mit einer Art Sackkarre, die vom Weidendamm aus langsam in unsere Richtung ging, menschenleer.

Kaum hatten wir Franks Wohnung betreten, zerrte Diana aus ihren nilgrünen Lackstiefeln mehrere Briefumschläge und entnahm ihnen beim Licht einer Taschenlampe 30.000 Euro. „Das ist mein Schmerzensgeld", informierte sie mich. „Über den Rest mag das Schicksal entscheiden." Mit diesen Worten öffnete sie Franks Wohnzimmerfenster und ließ zahllose Geldscheine mit dramatischer Geste in den schwarzen Nachthimmel flattern. Entsetzt zog ich Diana ins Zimmer zurück und schloss das Fenster, um zu verhindern, dass meine Komplizin unsere exzellente Arbeit durch eine unbedachte Geste zunichte machte.

Nur wenig später verließen wir Franks Wohnung und gingen, ohne uns umzublicken, zu Fuß zum Hauptbahnhof, um unsere Lebensgeister durch einen starken Kaffee zu beleben. Seit dem Umbau kann man sich dort schon frühmorgens in angenehmer Atmosphäre auf den Tag einstimmen.

Durch den geglückten Befreiungsschlag gewannen wir unser zerrüttetes Selbstbewusstsein allmählich zurück. Da

Hencker keine Angehörigen hatte, wurde er anonym eingeäschert. Die Einäscherung wurde von einem Teil des Geldes bestritten, das Diana in Henckers Geldgürtel zurückgelassen hatte. Somit brauchte die Stadt Hannover ihren arg strapazierten Haushalt nicht mit den Kosten der Entsorgung von Henckers sterblicher Hülle zu belasten. Den Rest des zurückgelassenen Geldes, beinahe 10.000 Euro, erhielt auf unsere Empfehlung hin das Tierheim Hannover im nahe gelegenen Langenhagen-Krähenwinkel. Hencker hat somit posthum mehr Gutes denn als Lebender getan. Ja, er ist nicht umsonst gestorben.

Am Montag nach Henckers Tod mussten wir uns arbeitslos melden. Unsere kompetente Sachbearbeiterin im Arbeitsamt Hannover vermittelte uns einen Kredit zur Gründung eines eigenen kleinen Unternehmens. Diana und ich kauften damit Henckers Möbellager auf, verschenkten den gesamten Inhalt und ließen die erforderlichen baulichen Veränderungen vornehmen, um eine Tierpension und für uns, Idi und Amin eine geräumige Wohnung einzurichten. Dort, wo noch vor einem Jahr Henckers heruntergekommenes Möbellager stand, befindet sich jetzt ein helles freundliches Gebäude mit einem hübschen Garten. Inzwischen können wir gut von unserer Pension leben, da sich herumgesprochen hat, dass wir sehr fürsorglich mit den Tieren umgehen. Dabei helfen uns Tommi und Rudi, die seit Henckers Tod für uns arbeiten.

Diana wollte nicht warten, bis sich die Krankenkasse bereit erklärte, die Kosten der für sie so wichtigen Operation zu übernehmen. Sie ist Ende des letzten Jahres nach Casablanca geflogen und hat sich dort operieren lassen. Glücklicherweise reichten die 30.000 Euro aus Henckers Geldgürtel, die sie für sich abgezwackt hatte, für die kostspielige Behandlung, so dass wir keinen weiteren Kredit aufzunehmen brauchten.

Seit vierzehn Tagen gehören übrigens fünf Ratten, zwei Mäuse und drei Meerschweinchen neben vierzehn Hunden und zehn Katzen zu unseren Pensionsgästen. Eine elegante

Dame namens Teresa W. hat die zahmen Nager für ein Vierteljahr in unsere Obhut gegeben, um mit ihrem jugendlichen Lover einen ausgedehnten Urlaub auf Mauritius zu verbringen. Sie ist kürzlich zu Geld gekommen, wie sie uns etwas verlegen anvertraute.

Wir freuen uns über die positive Wende, die Teresas Leben genommen hat, zumal auch wir so viel Erfreuliches erfahren durften. Inzwischen leisten wir uns jede Woche mindestens einen Besuch in der Staatsoper Hannover. Vor einiger Zeit waren wir im *Don Giovanni* und konnten die Arie des Don Ottavio in dem erhebenden Gefühl genießen, die großartige Musik von einem bösen Fluch befreit zu haben.

Anmerkung der Autorin:
Nur ihrem Frieden ist ein fiktiver Kurzkrimi. Etwaige Ähnlichkeiten oder Übereinstimmungen mit realen Personen, Namen etc. sind rein zufällig.

Verwendete Quellen (in alphabetischer Reihenfolge)
Ludwig van Beethoven, *Fidelio* (Op. 72), Oper in zwei Aufzügen nach dem Französischen des J. N. Bouilly, bearbeitet von Joseph Sonnleithner, neu bearbeitet von Friedrich Treitschke, Edition Eulenburg No. 914.
Daraus wurden folgende Textpassagen zitiert: „O welche Lust, o welche Lust, in freier Luft den Atem leicht zu heben." Und: „Nur hier, nur hier ist Leben, nur hier, nur hier, nur hier ist Leben, ist Leben." (Gefangenenchor, 1. Aufzug, Nr. 10 Finale, S. 395 ff.).

Wolfgang Amadeus Mozart, *Don Giovanni* (KV 527), Dramma giocoso in 2 Akten, Libretto: Lorenzo da Ponte. Zitiert wurde aus dem *Don-Giovanni*-Text des Projekts Gutenberg, SPIEGEL ONLINE,
URL: http://gutenberg.spiegel.de/daponte/dongiova/dongiova.htm, und zwar aus der Arie des Don Ottavio, 1. Akt, 14. Auftritt, Nr. 10a: „Nur ihrem Frieden weih' ich mein Leben / Nur ihre Freude kann Glück mir geben, / Doch ihre Leiden brechen mein Herz. / Ja, ihre Seufzer sind auch die meinen, / Und mein ihr Zürnen und mein ihr Weinen; / Kein Glück auf Erden kenn' ich allein!"

Die Angaben über eine mögliche schmerzstillende Wirkung des Antidepressivums Anafranil ® 75 mg - Retardtabletten stammen von NetDoktor, www.netdoktor.de/medikamente. Der Abdruck dieser Information erfolgte mit freundlicher Genehmigung von Frau Silke Haffner, der Geschäftsführerin von NetDoktor.de GmbH, die mir die Abdruckgenehmigung am 28.10.04 per E-Mail erteilt hat.

Nur ihrem Frieden ist das Zweitwerk von Elisabeth Brink (Jahrgang 1958) nach dem Kurzkrimi *Der Taubenhasser,* der 2004 im ersten *Tatort Hannover* erschienen ist. Nach dem Studium der Angewandten Sprachwissenschaft an der Universität Mainz und in Großbritannien war sie zunächst in der Nähe von Hamburg als Übersetzerin beschäftigt. Seit 1991 lebt und arbeitet sie in Hannover. Der tägliche Umgang mit der Sprache anderer Menschen hat in ihr den Wunsch erzeugt, es mit etwas Eigenem zu versuchen, was den Ausschlag für die Teilnahme am Krimi-Wettbewerb der Buchhandlung Schmorl & von Seefeld gab. Aus diesem Wettbewerb hat sich ein reger Erfahrungsaustausch unter sieben der Autoren des ersten *Tatort Hannover* entwickelt. So ist die Idee dieses Folgebandes entstanden.

Aller Tage Abend

MANFRED DEPNER

Beppo hielt die Ohren offen, während er hinter dem Tresen stand und die benutzten Gläser spülte.

Wie er so dastand, den Rücken leicht gebeugt, seinen runden, strubbelhaarigen Kopf über die Spüle geneigt, eifrig Glas für Glas über die fest installierte Bürste schob und anschließend achtsam nachspülte, vermittelte er den Eindruck, völlig in seine Arbeit vertieft zu sein.

Überhaupt wäre niemand auf den Gedanken gekommen, den stillen Beppo, der zwar häufig, doch nur aushilfsweise, am Zapfhahn des „Schmalztopfs" stand, des bewussten Zuhörens, geschweige denn des intensiven und geplanten Lauschens zu verdächtigen.

Beppo war sich dessen wohl bewusst. Er stand knickbeinig und scheinbar gedankenversunken hinter dem blankgewienerten Tresen der Szenekneipe in Hannovers schicker Altstadt, spülte Gläser, zapfte auf Bestellung aus vier verschiedenen Hähnen fachmännisch die angesagten Biere, die entweder unmittelbar an der Theke getrunken oder von den zwei eifrigen Kellnerinnen zu den gut besetzten Tischen des Lokals transportiert wurden und hielt die Ohren offen. Es war bekannt, dass er die Ruhe weg und das Sprechen nicht erfunden hatte.

Moppel Wagenknecht, der Wirt dieses und drei weiterer angesagter Lokale in Hannover, stellte Beppo immer wieder gern in eine seiner Kneipen, denn Beppo machte seine Arbeit ordentlich, versuchte nie, über den angebotenen Lohn zu verhandeln und soff nicht während seiner Einsatzzeiten. Ein festes Engagement hatte er bisher jedoch immer abgelehnt.

Ganz offensichtlich hielt Beppo sich für einen Künstler, allerdings blieb offen, welchem Bereich sein künstlerisches Wirken zuzuordnen war, und er selbst machte keine Anstalten, den hin und wieder aufflackernden Spekulationen durch ein aufklärendes Wort die Nahrung zu entziehen. Allemal konnte er als Lebenskünstler durchgehen.

Jedenfalls galt Beppo Zeit seines Lebens als Unikum, als ein liebenswürdiger, unbedeutender Sonderling, von dem niemand etwas zu befürchten hatte. Alle üblichen Gäste, die glaubten, ihn zu kennen, wären erstaunt darüber gewesen, wie intensiv der harmlose Bierzapfer seine Ohren spitzte, wenn er der Auffassung war, Zeuge einer interessanten Unterhaltung zu sein.

Dabei hatte Beppos Interesse an den Kneipengesprächen durchaus einen ernsthaften Hintergrund, und der war nicht ausschließlich in der menschlich verständlichen Neugier zu suchen. Beppo war vielmehr ein Händler in Sachen „Nachrichten".

Moppel Wagenknechts Lokale lebten zu einem großen Teil davon, zur hannoverschen Szenekultur zu gehören. Viele stadtbekannte Persönlichkeiten, Prominente aus Politik, Kunst und Sport, auch solche, die sich dafür hielten oder gehalten werden wollten, ließen sich immer mal wieder blicken, verabredeten sich untereinander auf ein Bier oder versackten ganze Abende und halbe Nächte in den Nischen oder auf den Barhockern, während ihre Unterhaltungen immer eindimensionaler und lauter wurden.

Beppo, der ganz spezielle Kontakte zu mehreren Journalisten unterhielt, selektierte die Informationen, die an seine Ohren drangen, zunächst grob nach den Kategorien: „unsinniges Geschwätz", „womöglich interessant", „hoch interessant" und „brisant", verwarf die eine oder andere Unterhaltung vollends und reichte die auf diese Weise wohl sortierten und für nützlich gehaltenen Infos an seine Abnehmer weiter.

Für diese kleinen Dienste nahm er den Dank der Reporter, im allgemeinen mit einigen Euro Bargeld verbunden, entgegen. Dies waren keine großartigen Geschäfte, mit denen Beppo erhebliche Geldbeträge hätte verdienen können. Es entsprach auch gar nicht seiner Absicht, sich an den weitergeleiteten Informationen zu bereichern, obwohl er die zusätzlichen Einnahmen sehr gut gebrauchen konnte. Nein, er empfand seine Spitzeldienste mehr als eine Art von intellektueller Arbeit, als eine Teilhabe am journalistischen Tagesbetrieb, als einen willkommenen Ausgleich zum stumpfsinnigen Bierzapfen.

An diesem Samstagabend hatten mehrere sportlich wirkende und edel gekleidete junge Männer an der Theke Platz genommen. Da sie Beppo bisher nicht begegnet waren, schenkte er ihnen zunächst nur die notwendigste Aufmerksamkeit. Dennoch hielt er routinemäßig die Ohren offen, und, nachdem er einige Gesprächsfetzen der unbekannten Gäste aufgeschnappt und analysiert hatte, regte sich sein professionelles Interesse.

Die Herren unterhielten sich über Fußball, soviel war schnell erkennbar und an einem Samstag nach Beendigung der Bundesligaspiele nicht weiter verwunderlich. Auch die Tatsache, dass man sich augenscheinlich über den deutlichen Sieg des Lokalmatadors Hannover 96 freute, war keine Offenbarung.

Beppo wurde erst stutzig, als er begriff, dass die fünf jungen Männer eindeutig dem heutigen Gegner zuzurechnen waren oder zumindest aus dessen Umfeld stammten. Mit der Zeit schien es Beppo, als liefe das Gespräch darauf hinaus, dass die Niederlage des eigenen Vereins nicht nur in Kauf genommen, sondern sogar freudig begrüßt wurde. Von diesem Augenblick an konzentrierte er sich darauf, dem Gespräch seiner neuen Gäste intensiv zuzuhören und alle Einzelheiten abzuspeichern.

„Der Elfmeter,“, grinste ein blonder Hüne, während er den Rest seines Bieres aus dem Glas saugte, „dieser verdammte Elfmeter hätte uns die Tour vermasselt, wenn ich mir nicht den Ball geschnappt hätte. Natürlich war Hannes als Elfmeter-Schütze angesagt. Wie ihr ihn kennt, hätte er das Ding auch locker versenkt. Also schnapp ich mir die Kirsche und schieße haarscharf am rechten Pfosten vorbei. Das musst Du erst mal bringen. Es ist wesentlich schwieriger, dicht am Tor vorbei zu schießen, wenn Du das bewusst vor hast. Ansonsten passiert es ja oft genug, was, Jimmy, da kannst Du ein Lied von singen!“.

„Nix was singen.“, sprach Jimmy, ein dunkelhäutiger, freundlich lächelnder Junge ernsthaft. „Ich nix singen. Ich nix maken Tor, wenn richtig Euro kommt. Ich maken Tor, auch wenn richtig Euro kommt. Kommt heute Euro für nicht maken Tor, Jimmy zufrieden. Kommt nakste Woch Euro für maken Tor, ich make Tor.“.

Jimmy legte den Kopf in den Nacken, trank sein Bier – DAS GOLD DER NIEDERSACHSEN – in einem Zug aus und verkündete lauthals und zur Freude der Umstehenden – und des klammheimlich lauschenden Beppo –

„Pekunia nix olet!"

Ein weiterer, bereits leicht alkoholisierter junger Mann legte einen Arm um den großen Blonden, der augenscheinlich das erste Wort in der Gruppe führte, und tuschelte mit ihm. Für Beppos geübte Ohren hörte sich dieses gewollte Flüstern eher so an, als blöke er dem Blonden in den Gehörgang. „Die Quoten,", verstand Beppo, „wie sind die Quoten auf Sechsundneunzig? Und wie viel ist gesetzt? Du weißt schon, ich habe noch drei Raten offen, von den beiden letzten verdammten Pokerabenden. Dabei habe ich ...".

Beppo verlor den Faden. Die Gäste verlangten nach ihren bestellten Getränken, und er war zeitweilig nicht in der Lage, dem Gesprächsverlauf dieser speziellen Thekensteher zu folgen.

Allerdings vernahm er hin und wieder die sich stetig wiederholenden Worte der zwei übrigen Gruppenmitglieder, die sich ein wenig abseits hielten und sich gegenseitig zu trösten schienen. „Der liebe Gott wird uns alle bestrafen.", wiederholte ein trauriger, dunkelhaariger Junge immer wieder, der, wie Beppo es auszudrücken pflegte, trank wie ein Fisch, und nach jedem Bier, begleitet von einem Aquavit, kam der selbe Sermon. „Der liebe Gott wird uns alle bestrafen!". Der andere, ein etwas kurz geratener, aber ausgesprochen muskulöser Junge, streichelte dem traurigen, gottesfürchtigen Freund immer wieder das Gesicht.

„Sorg Dich nicht,", murmelte er dabei, „wir komm` da schon raus. Noch ist nicht aller Tage Abend.".

„Ja.". Der Traurige trank sein Glas aus und entspannte sich. „Noch ist nicht aller Tage Abend. Du sagst es, Akko. Der liebe Gott gibt uns noch eine Chance. Noch ist nicht aller Tage Abend.".

Beppo grübelte. Eindeutig hatte er hier ein ausgesprochen brisantes Thema vor der Flinte. Seine Freundin Mirka Jankowitsch von BILD Hannover würde ihm ewige Dankbarkeit schwören, würde er diese Geschichte exklusiv ihr servieren. Hier ging es nicht nur um ein paar armselige Euro. Wenn er an Mirka dachte, hatte er ihren schlanken, jungen Körper vor Augen, ihre großen, braunen Augen, ihr vielversprechendes Lächeln ... Beppo war bereits auf dem Weg zu dem im Hinterzimmer des Lokals installierten Telefon, als sich die Kneipentür erneut öffnete.

Der kleine, geschniegelte Mann, der jetzt eintrat, war Beppo gut bekannt. Auch die Herren Fußballer schienen ihn zu kennen, denn sie begrüßten ihn freudig, während er in ihrer Mitte Platz fand. Beppo war der festen Überzeugung, das dieser Gast ihn selbst nicht kannte. Sofort war dieser die Hauptperson der Gruppe vor dem Tresen. Beppo staunte nicht schlecht über die Summen, die in den Gesprächen genannt wurden – und die ganz augenscheinlich, verpackt in neutrale Briefumschläge, hier vor seinen Augen den Besitzer wechselten, begleitet von freundlichem Schulterklopfen, heftigem Zuprosten, und, zuallerletzt, der Beteuerung gemeinsam empfundener, tieffreundschaftlicher Verbundenheit.

Beppo entschied sich, nicht zu telefonieren. Er kannte den freigiebigen kleinen Herrn und sein Gewerbe recht gut, ohne sich von diesem erkannt zu fühlen. Diese Entscheidung sollte sich in der Zukunft als Fehler erweisen. Am heutigen Samstagabend war Beppo jedoch guter Dinge und frei von jeder Angst. Womöglich war ihm durch die heute aufgenommenen Informationen die Chance erwachsen, sich von allen seinen Verpflichtungen frei zu machen und sein Leben endlich nach seinen eigenen Vorstellungen zu gestalten.

Sein kleiner, geschniegelter und ahnungsloser Bekannter schien intensiv in einen Wettbetrug verwickelt zu sein, der ihn dazu prädestinierte, um den einen oder anderen Euro, nein, vielmehr um den einen oder anderen Haufen Euro angegangen zu werden. Hier ging es schließlich und endlich nicht um die einfache und übliche Manipulation einer schlichten Rennbahnwette, auch nicht darum, unbedarfte Mitspieler bei verbotenen Glücksspielen über den Tisch zu ziehen, sondern es ging um Fußball, um Bundesliga, um Glück und Elend der Nation!

Beppo zapfte, lauschte und redete - notfalls - wie in Trance, bis er endlich den letzten Zecher freundlich aus der Gaststätte entfernt und die Lokalität abgeschlossen hatte. Er hatte noch einen halbstündigen Fußmarsch zu seiner Wohnung in der Marienstraße vor sich, Zeit genug, seine weiteren Schritte zu bedenken, und er ging frohen Mutes los. Sein Leben stand vor einem Wendepunkt.

Oberinspektor Fritz Dempewolf machte es sich in dem komfortablen Ledersessel hinter dem Schreibtisch seines Vorgesetzten bequem. Er nutzte die Wippeinrichtung, um sich weit zurücklehnen zu können und streckte seine überdimensional langen Beine unter dem großen Chefschreibtisch aus. Dempewolf seufzte. So gemütlich hätte er es gern alle Tage, um es seinen zweieinhalb Zentnern, die auf eine Länge von mehr als zwei Metern verteilt waren, gut gehen zu lassen.

Andererseits war die angenehme Sitzposition das einzig Positive an der Abwesenheit seines Chefs und gleichzeitig besten Freundes, Kommissar Leif Harmening. Auch wenn er diesem seinen verdienten Urlaub nach dessen schwierigen persönlichen Erlebnissen und ihren gemeinsam überstandenen harten Ermittlungen der letzten beiden Jahre von Herzen gönnte, fühlte er sich ohne ihn doch beinahe wie amputiert.

Siamesische Zwillinge, dachte Dempewolf und grinste vor sich hin. Wir taugen beide nur gemeinsam für diesen Job. Wo du hingehst, da will ich auch hingehen.

Wie auch immer: Die Tagesarbeit musste erledigt werden, und die war auch in diesen drei Wochen ohne seinen Partner nicht ohne. Zumal erst eine Woche von Leifs Urlaub vergangen war.

Als Udo Roling, ein relativ junger Kollege, ins Zimmer humpelte, begriff Dempewolf, dass es mit der einigermaßen ruhigen Zeit endgültig ein Ende haben würde. Roling, ein Junge aus dem Ruhrpott, der glaubte, seine Karriere in Hannover beschleunigen zu können, war zur Zeit nach der festen Auffassung seines Hausarztes absolut arbeitsunfähig. Dennoch versuchte er verbissen, seinen Job auszuüben. Er war im vergangenen Jahr während einer verdeckten Ermittlung in die Fänge einer Autoschieberbande geraten, und ganz nebenbei hatte er seinen privaten 3er-BMW eingebüßt sein Leben allerdings, das auch auf der Kippe gestanden hatte, verteidigt. Aber er hinkte noch.

„Du hast hier nichts zu suchen.", brummte Dempewolf, wenn auch nicht unfreundlich, denn er mochte den jungen Kollegen und schätzte seine Einsatzbereitschaft. „Wir brauchen einsatzfähige Leute und keine Invaliden wie dich. Womöglich steckst Du mir noch die anderen mit deiner Humpelei an und ich bleibe völlig auf mich gestellt, bis Leif wieder da ist. Wenn der überhaupt Lust hat, zurückzukommen, wenn er erst mal das Blut eines schöneren Lebens geleckt hat und bleibt wo er jetzt ist ...".

„Nun halt mal die Luft an.", Roling war eindeutig nicht auf eine lockere Unterhaltung aus. „Ich habe keinen Bock, mich über Blutlecken oder einer schöneres Leben zu unterhalten.". Udo Roling schüttelte sich angewidert. „Man hat einem armen Kerl die Ohren abgeschnitten. Die Frage ist, ob er zu diesem Zeitpunkt bereits tot war. Der Blutverlust lässt darauf schließen, dass er noch halbwegs gelebt hat. Die Kollegen vom Landeskriminalamt sagen ...".

Dempewolf wuchtete sich aus dem Sessel seines Vorgesetzten hoch. „Und ich höre als Letzter von einem Mord, den Du Rekonvaleszent mir jetzt im Detail beschreiben wirst?", schimpfte er. „Wie ernst nehmt ihr mich eigentlich, wenn Leif nicht im Dienst ist? Bin ich Euer Hampelmann, bin ich der Zwerg vom Dienst, oder wofür werde ich hier gehalten?". Er blickte von ziemlich weit oben auf den nur mittelgroßen Udo Roling hinab.

„Tu mir bitte einen Gefallen." Dempewolf ließ sich mit gespielter Erschöpfung zurück in den Chefsessel sinken. „Sortiere die Geschichte nach den harten Fakten, bevor Du noch einmal mit deinem Bericht beginnst. Also. Wem hat wer wo die Ohren abgeschnitten? Wer hat an welchem Platz die Leiche entdeckt und was ist bisher veranlasst worden, den oder die Täter zu fassen? Oder hat man schon jemanden festgenommen? Ist zumindest jemand verdächtig? Nein, warte,", wehrte er sodann den nächsten Versuch Rolings ab, Bericht zu erstatten. „Lass uns gleich Mia mit einbeziehen, damit Du nicht alles doppelt vortragen musst.".

Mia Hornbach gehörte zum Team und war unter anderem für die Pressearbeit zuständig. Sie brachte, obwohl sie inzwischen auch schon die „Vierzig" erreicht hatte, einen Hauch von Jugendlichkeit und Frische mit. Sie hatte ihren schlanken, wohlgeformten Körper heute in ein hellgraues knappsitzendes Kostüm verpackt, zu dem die leicht ausgeschnittene mohnrote Bluse den idealen Kontrast bildete. Ihre kinnlangen dunklen Haare wirkten wie frisch geföhnt, und Dempewolf fragte sich nicht zum ersten Mal, mit welchen Mitteln seine Kollegin selbst an heißen Tagen den Eindruck zu erwecken vermochte, sie schwitze nie. „Hallo, Jungs,", lächelte sie die beiden Männer an. „Welche Hilfe soll Euch von mir schwacher Frau zuteil werden?".

„Das wird sich zeigen.", sagte Dempewolf freundlich. „Setz Dich einfach hin und höre mit mir den Ausführungen unseres abenteuerlustigen jungen Freundes zu. Ich fürchte allerdings, es geht dieses Mal ausnahmsweise um Mord und Totschlag.".

Als Udo Roling endlich zu Wort kam, bemühte er sich, sachlich und in korrekter zeitlicher Abfolge vorzutragen, was geschehen war, obwohl er sich ungerecht behandelt fühlte. Schließlich war der Fall völlig ohne sein Zutun auf ihn zugekommen oder, besser gesagt, über ihn hereingebrochen.

Heute Morgen hatte er sich auf seinen üblichen Spaziergang durch die Eilenriede begeben. Vor seiner schweren Verletzung, die ihn wohl noch über Monate hinaus behindern würde, war er hier fast täglich eine Stunde lang gejoggt. Die Spaziergänge waren nur ein fader Ersatz für sein schmerzlich vermisstes Fitnesstraining. Tief in Grübeleien versunken und mit dem Schicksal hadernd war er ohne zu überlegen aus Richtung des Lister Turmes geradewegs zum „Rad“ gelangt, einem Rasenlabyrinth, das an eine germanische Kultstätte erinnern sollte oder sogar auf den Resten einer solchen angelegt worden war, so genau kannte Roling die Geschichte der hannoverschen Eilenriede nicht. In Gelsenkirchen war er durch den Buer`schen Stadtwald oder den Schloss - Berge - Park gelaufen. Jetzt aber humpelte er auf den schmalen, von Ziegelsteinen eingefassten Sandweg des Labyrinths in Hannovers Stadtwald Eilenriede und bewegte sich auf die alte Linde in dessen Mitte zu, als ihm die Frau entgegengerannt kam, ohne sich an den vorgegebenen Weg zu halten.

Die Frau, mit Sicherheit weit über sechzig Jahre alt, rannte derart flink querbeet durch das akribisch angelegte Rasenlabyrinth auf ihn zu, dass Roling erst im letzten Augenblick auf die Idee kam, einen Schritt zur Seite zu machen, um sich dem Ansturm der alten Dame zu entziehen. Dies führte allerdings dazu, dass die Frau, die wohl drauf und dran gewesen war, sich in seine Arme zu stürzen, letztlich das Gleichgewicht verlor und seitlich von dem ausweichenden Roling lang hinschlug. Erst jetzt wurde es ihm bewusst, dass sie die ganze Zeit über laut geschrieen hatte. Nun, nach ihrem Fall, lag sie wimmernd auf dem Rasen. Roling half ihr, wieder auf die Beine zu kommen. Zunächst konnte er ihr wirres Gestammel nicht einordnen.

„Ohren,“, wimmerte sie, „ein Mann ohne Ohren. Blut. Alles voller Blut.“ Er blickte in ihr zuckendes Gesicht. Augenscheinlich war sie entweder verrückt oder sie stand unter Schock. Er entschloss sich, die zweite Möglichkeit in Betracht zu ziehen und kam zu dem Schluss, dass sie eine furchtbare Entdeckung gemacht haben musste, und zwar unmittelbar vor ihrer heftigen Begegnung. „Polizei,“, murmelte sie, „ wir müssen die Polizei benachrichtigen.“.

Roling gab sich als Polizist zu erkennen, deponierte die alte Dame freundlich auf einer Rasenfläche und machte sich mehr hinkend als laufend in die Richtung auf den Weg, aus der sie ihm entgegengekommen war.

Unter der Linde fand er den Grund ihrer Aufregung, und selbst ihm als, wie er sich sah, hartgesottenen Profi wurde es bei dem Anblick mulmig. Am Stamm der Linde lehnte sitzend ein etwa dreißig bis vierzig Jahre alter Mann, dessen aufrechte Position durch eine Drahtschlinge gesichert war, die einerseits seinen Hals umschlang, andererseits in ihrer Verlängerung so um die Linde gewickelt war, dass der Blick aus den gebrochenen Augen schräg nach oben zu gehen schien, während die Schultern nach vorn gesunken waren und die Arme schlaff hinunterhingen. Anstelle der fehlenden Ohren waren an beiden Seiten des Kopfes die weißen, blutverschmierten großen Knorpel beinahe obszön hervorgetreten. Das Kinn war heruntergeklappt und der Mund aufgrund der unnatürlichen, durch die Drahtschlinge verursachten Kopfhaltung zu einem wie ungläubig wirkenden Grinsen verzogen. Udo Roling schauderte, während er sein Handy bediente und die Spurensicherung sowie einen Notarzt orderte. Der Arzt war ausschließlich zur Betreuung der alten Dame gedacht, denn dem grausam zugerichteten Opfer würde kein Mediziner mehr helfen können.

„Die Kollegen von der Spurensicherung,“, beendete Inspektor Roling seinen Vortrag, den er nach Möglichkeit weitgehend emotionslos gestaltet hatte, „sind der Auffassung, dass man ihm die Ohren noch bei lebendigem Leibe abgesäbelt hat. Wahrscheinlich wollten die Täter – aufgrund der Fußabdrücke wird davon ausgegangen, dass es mehrere waren – noch irgend eine Information aus ihm herausholen. Den Rest hat man dann mittels der Drahtschlinge erledigt.“.

„Bisher fehlt jeder Hinweis auf die Identität des Opfers.“, fuhr Roling nach einer kurzen Erholungspause fort. „An der Leiche wurden keinerlei Hinweise, insbesondere keine Papiere gefunden. Was weiterhin fehlt, sind die Ohren.

Jemand muss sie aufgesammelt und entweder weitab des Tatortes entsorgt oder als eine Art Trophäe mitgenommen haben. Auch bezüglich der Täter gibt es noch keine Spur. Das ganze wirkt wie ein Banden- oder Fememord, aber darüber werden wir erst Aufschluss erhalten, wenn wir die Mörder haben.".

Er breitete eine Serie von Fotos auf dem großen Schreibtisch aus, die das Mordopfer aus den unterschiedlichsten Perspektiven zeigten, insbesondere das entstellte und blutverschmierte Gesicht. Fritz Dempewolf schüttelte sich beim ersten Blick auf die scharf ausgeleuchteten Bilder wie ein nasser Hund, während Mia Hornbach die Luft scharf durch die Nase einzog. „Mein Gott!", entfuhr es ihr. Sie begutachteten das Material minutenlang schweigend. Dann griff Dempewolf sich eine Großaufnahme des verstümmelten Gesichts, lehnte sich weit in Harmenings Sessel zurück, und warf noch einen prüfenden Blick auf das Foto, bevor er aufsah: „Der Junge dürfte Euch beiden eigentlich kein Unbekannter sein. Ich kann mich an etliche Abende im „Schmalztopf" erinnern, an denen der gute Beppo auch für Euch ein paar Bierchen gezapft hat. Allerdings,", er grinste schief in Richtung Udo Rolings, „mit Ohren sah er natürlich wesentlich besser aus. Also, deswegen kein Vorwurf.". Er streckte Roling versöhnlich seine große Rechte entgegen. „Danke für die Informationen. Du hast alles richtig gemacht. Ich schlage vor, dass wir als erstes herausfinden, wo Beppo gewohnt hat und uns sein Domizil einmal ansehen. Mia, Du hältst bitte die Presse in deiner unnachahmlichen Art möglichst lange auf Distanz. Lasst uns an die Arbeit gehen!".

Die Wohnung Beppo Binningers befand sich im dritten Stock eines Miethauses in der Marienstraße, unweit des Akutkrankenhauses der Henriettenstiftung. Das Haus gehörte zu einem Block von Wohn- und Geschäftshäusern, deren untere Etagen jeweils aus Ladengeschäften und anderen gewerblichen Räumen bestanden. Die oberen Stockwerke waren durchweg in kleine, recht schlichte, doch im allgemeinen von ordentlichen Bürgern bewohnte Mietwohnungen aufgeteilt. Beppos Wohnung bestand aus einem Wohn- und einem Schlafraum, Küche und Bad. Beppo hatte auf Ordnung gehalten. Alles war sehr übersichtlich und aufgeräumt. Ein großes Ikea-Regal voller Leitz-Ordner fiel sofort ins Auge. Sorgsam ausgeschnitten, auf DIN A4-Seiten aufgeklebt und zeitlich akribisch in Reihenfolge gebrachte Zeitungsartikel hatte Beppo hier abgeheftet. Alle Artikel bezogen sich entweder auf lokale gesellschaftliche Ereignisse oder das Privatleben hannoverscher Prominenter, auf Skandale und Skandälchen, wobei auch die hannoversche „Provinz“, das Umland der Region, nicht zu kurz kam.

„Guck mal an,“, brummelte Dempewolf, „wahrscheinlich hat dieser kleine Thekenschnüffler als Informant der Boulevardpresse gearbeitet. Auch so kann man sich Feinde machen. Hier hat er stolz alle Artikel gesammelt, um für sich selbst und die staunende Nachwelt zu dokumentieren, welchen Dreck er in den Druck gebracht hat. Daraus könnte sich ein Motiv für den Mord ergeben. Andererseits,“, er blätterte den letzten Ordner durch, „scheint mir das eigentlich alles harmloser Quatsch zu sein. Wir werden Seite für Seite analysieren ...“.

Udo Roling hatte inzwischen einen Stapel frischer Druckerzeugnisse durchgearbeitet. „Komm mal her.“, rief er aufgeregt. „Das sieht mir wie der Hinweis auf einen klassischen anonymen Brief, womöglich einen Erpresserbrief, wie ihn sich Klein-Fritzchen vorstellt, aus. Sieh Dir das an!“.

Tatsächlich waren die Zeitungen sauber auseinandergeschnitten, an manchen Stellen fehlten ganze Absätze, Zeilen oder auch nur großgedruckte Buchstaben.

„Wir werden die entsprechenden Originalzeitungen damit vergleichen und versuchen, einen Text zu rekonstruieren. Vielleicht kommen wir so den Tätern auf die Spur. Das kann natürlich dauern. Andererseits ...“, Fritz Dempewolf kratzte sein heute noch unrasiertes Kinn, während er die Titelseite einer zerschnittenen BILDZEITUNG des vorgestrigen Tages hochhielt. „Hier fehlt einiges von der Zeile des Aufmachers. Ich kann mich gut erinnern, wie die gesamte Überschrift lautete: „MORD WEGEN EINES HOLZIGEN APFELS!“. Tatsächlich hat ein Kunde den Betreiber eines Marktstandes in Oldenburg totgeschlagen, weil dieser sich geweigert hatte, einen angebissenen, angeblich holzigen Apfel umzutauschen. Wie auch immer – Du siehst, hier fehlt das „HOLZ“ von „HOLZIGEN“ und der „APFEL“. Ich denke, das kann uns wesentlich schneller auf die Spur bringen, als ich zunächst dachte!“.

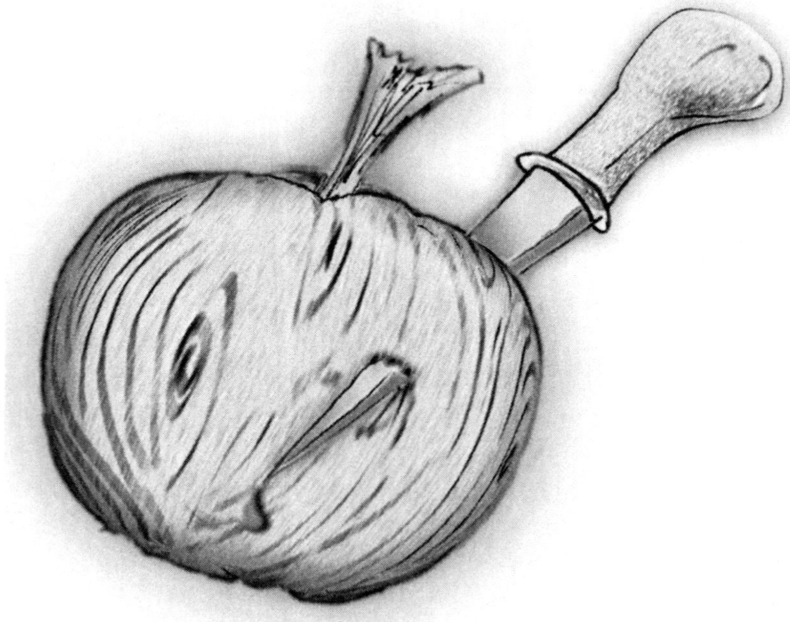

Udo Rolings Gesicht war ein einziges Fragezeichen. „Was soll ein holziger Apfel mit der Lösung unseres Problems zu tun haben?“, fragte er ratlos. „Ich glaube, wir müssen das gesamte Material sichten und versuchen, den Brief zu rekonstruieren ...".

„Lass mal.", Dempewolf klopfte seinem Mitarbeiter jovial auf den Rücken, so dass dieser leicht zusammenzuckte. „Es reicht doch, wenn wir den Adressaten haben. Der müsste uns eigentlich schnell weiterhelfen können. Und da habe ich eine Idee.".

Ohne weitere Erklärungen bugsierte Dempewolf seinen erstaunten Kollegen die Treppe hinunter und durch die knarrende Haustür auf den Gehsteig hinaus. Im Erdgeschoss befand sich das übliche Ladenlokal, und während er Udo Roling, so sanft es ihm möglich war, in die gewünschte Blickposition rückte, wies er bereits triumphierend mit ausgestrecktem Zeigefinger auf die beleuchtbare Schrift über dem schmuddeligen Schaufenster. Überflüssiger Weise las er laut vor:

„WETTBÜRO MARTIN HOLZAPFEL"
„Lotto Toto Pferdewetten Oddset".

Der verräucherte Laden war trotz der frühen Stunde gut besucht. Die Zocker saßen an schlichten Holztischen, deren einzige Dekoration aus überquellenden Aschenbechern bestand, und studierten die Wettprogramme. Hin und wieder schlappte einer zum Schalter und gab seine Tipps ab. Die Geldspielautomaten an den Wänden waren in ständiger Rotation, ohne dass der zuständige Spieler auf den ersten Blick zu identifizieren war. Dempewolf schob dem Mann hinter dem Wettschalter seinen Polizeiausweis zu. „Sind Sie Herr Holzapfel?".

Der Wettkassierer blickte erschrocken auf: „Der Chef ist in seiner Wohnung. Gleich hier über uns, im ersten Stock. Sie können die Innentreppe benutzen, aber ich muss Sie vorher anmelden. Der Chef liebt keine Überraschungen.". „Aber wir.", knurrte Dempewolf. „Untersteh` Dich zu telefonieren, oder ich reiß Dir die Ohren ab!". Udo Roling, der unmittelbar daneben stand, hatte den Eindruck, als würde das ohnehin recht farblose Gesicht des Angestellten noch einen Ton blasser.

Sie hasteten die Treppe hinauf. Das Klingeln löste das heisere, tiefe Gebell eines Hundes aus, das zunehmend wütender wurde, bevor die Tür sich nach etwa drei Minuten endlich einen Spalt breit öffnete. Höchstwahrscheinlich hatte der Kassierer doch den Mut gehabt, mit seinem Brotgeber zu telefonieren.

Dempewolf drückte die Wohnungstür ohne weiteres auf, und die beiden Polizisten sahen sich einem kleinen Mann und einem riesigen Rottweiler gegenüber. Der Mann zeterte etwas von Hausfriedensbruch, während er in die große Diele zurückwich und beinahe über seine eigenen Füße stolperte. Der Hund ließ ein dumpfes, kehliges Knurren hören.

„Wir werden jetzt hereinkommen.“, sagte Dempewolf sachlich und bestimmt. „Sie sind verdächtig, Ihren Mitbewohner Beppo Binninger ermordet zu haben.“. „Der hat hier gewohnt?“, entfuhr es dem kleinen Wettbürobesitzer. „Äh, ich meine, der wohnt hier, oder was? Ich kenne niemanden dieses Namens. Im übrigen will ich sofort mit meinem Rechtsanwalt reden.“. Martin Holzapfel hatte sich gefangen und reckte seinen 160 Zentimeter großen Körper zur vollen Höhe. „Ich denke, Herr Kommissar, Sie werden noch Ärger bekommen.“.

Fritz Dempewolf beugte sich zu dem kleinen, schimpfenden Mann hinunter. „Womöglich,“, sagte er eindringlich, „finden sich noch die Ohren des armen Opfers in Ihrer Wohnung. Gnade Ihnen Gott, wenn das der Fall ist.“.

Holzapfel bleckte seine Zähne zu einem Grinsen, das vor Siegesgewissheit triefte. Hätte er während dessen nicht ständig in die Richtung seines immer noch wütend knurrenden Hundes geblickt, und wäre Dempewolf diesem Blick nicht gefolgt- wer weiß, wie lange die Ermittlungen sich noch hingezogen hätten. Doch der Oberinspektor sah, zunehmend fasziniert, genau hin. Es war eindeutig, dass auch der Hund grinste. Hund und Herr wiesen, mit einiger Phantasie betrachtet, den gleichen Gesichtsausdruck auf. Als einziger Unterschied war die lang heraushängende blaurote Zunge des Hundes auszumachen.

Kommissar Fritz Dempewolf lümmelte sich im Sessel seines Vorgesetzten, während er mit diesem telefonierte. „Ich soll Dich herzlich von Udo Roling grüßen. Ja, und natürlich von Mia. Von der soll ich Dich auch noch küssen, aber das verkneife ich mir. Das mach mit ihr selbst aus. Wie? Ja, natürlich haben wir das Leben des Hundes geschont. Das konnte ich Dir Tierfreund doch nicht antun. Er hat die Operation in der Tierärztlichen Hochschule gut überstanden und wird demnächst über das Tierheim Krähenwinkel in gute Hände vermittelt. Die Ohren waren erst halbverdaut, jedenfalls waren sie noch eindeutig zuzuordnen und werden demnächst mit Beppo zusammen beerdigt. Der Kassierer aus dem Wettbüro ist zunächst abgehauen, aber wir haben ihn inzwischen. Wir gehen davon aus, dass er ein Mitwisser, wahrscheinlich eher ein Mittäter Holzapfels ist. Der hat übrigens ein wesentliches Segment im Bereich der Spielmanipulationen und des Wettbetruges regional beherrscht. Ja, Leif, Du hast recht, ich rede wieder wie ein gedruckter Polizeibericht. Berufskrankheit. Auf alle Fälle hat er versucht, das ganz große Rad zu drehen, und dann stand plötzlich der kleine Beppo im Wege. Den Erpresserbrief haben wir übrigens auch noch entdeckt. Beppo hat seinen Mördern eine Kopie des Patchwork-Briefes übersandt und das Original in einer eigens angelegten Akte abgeheftet. Er war halt ein ordnungsliebender Mensch, ein Archivar. Das Beweismaterial ist also auch insoweit vernichtend. Ja, es gibt selbstverständlich noch mehrere Verdächtige aus dem Milieu des Profifußballs, auch aktive Spieler und erstaunlicher Weise sogar Schiedsrichter. Die Ermittlungen werden sich länger hinziehen. Wir haben wahrscheinlich nur die Spitze des Eisbergs aufgedeckt. Ich denke, der Bundesliga-Skandal aus den siebziger Jahren wird weit in den Schatten gestellt. Du kannst Dir vorstellen, dass Mia in ihrem Element ist. Die Medien stehen Schlange. Halt die Ohren steif!".

Manfred Depner wurde am 5. Februar 1948 in Gelsenkirchen geboren und wurde dort, wie man im Ruhrgebiet sagt, „Auf Kohle“ groß. Insoweit ist er auch ein „geborener“ Fan des FC Schalke 04, selbst nach Jahrzehnten eine unumkehrbare Tatsache.

Nach Schulbesuch, Ausbildung und Studium mit dem Abschluss als Diplom-Verwaltungswirt arbeitete er zunächst bei der Stadtverwaltung Gelsenkirchen, bevor er 1970 zum ehemaligen Landkreis Neustadt am Rübenberge wechselte. Seitdem ist er dem hannoverschen Umland treu geblieben. Seit 1978 wohnt Manfred Depner mit seiner Familie in Wennigsen am Deister. Er arbeitet inzwischen seit 1986 als Kaufmännischer Direktor des Krankenhauses Springe. Seine Hobbys sind Lesen, Schreiben und Reisen, am liebsten alles in Kombination. In seiner restlichen Freizeit joggt er mit Vorliebe - begleitet von Airedale-Terrier Danny - durch den schönen Deister.

Stille Wasser

DAGMAR SEIDEL-RASCHKE

Elisabeth Müller spannte einen Bogen Briefpapier mit dem Briefkopf der Firma Berger aus Hannover-Döhren in die uralte mechanische Schreibmaschine ein. Bei diesem Relikt handelte es sich um ein Gerät der Marke Adler, Modell Nr. 7. Das ließen die bereits verblassten goldenen Lettern und das Adler-Emblem auf dem schwarzen Ungetüm noch gut erkennen. Das museumsreife Stück war in den 30ern von den Adlerwerken *Heinrich Kleyer in Frankfurt am Main* hergestellt worden und zählte nachweislich zu den ersten deutschen Schreibmaschinen, die international erfolgreich gewesen waren. Trotz ihres biblischen Alters war die Schreibmaschine in technisch gutem Zustand. Dafür trug die 57-jährige Sekretärin Sorge, die jetzt auf der Tastatur herumhackte. Es gab auch eine elektrische Schreibmaschine, die jedoch nur selten eingesetzt wurde.

Klack, klack, klack. Mit flotten Fingern übertrug Elisabeth Müller einen Text von ihrem Stenoblock. Vierhundert Anschläge pro Minute hatte sie in ihren besten Zeiten fehlerfrei geschafft, und bis heute hatte sie kaum etwas von ihrer Fingerfertigkeit eingebüßt.

Klack, klack, klack. Das mit Möbeln aus den späten 50er Jahren eingerichtete Büro und leicht vergilbten Tapeten an den Wänden war von dem Geräusch erfüllt. Die Firma Berger hatte lange Jahre keine Notwendigkeit gesehen, in die modernen Zeiten zu investieren. Darum begleitete die alte Adler Elisabeth Müller auf ihrem beruflichen Werdegang bei der Firma Berger schon, seitdem sie denken konnte. Sie bildeten inzwischen eine Einheit, die alte Schreibmaschine und Elisabeth Müller. Nein, es war noch mehr: Elisabeth Müller ***liebte*** ihre Schreibmaschine. Diese streng wirkende Frau mit der hochgeschlossenen Bluse, der man keinerlei Emotionen zutraute, war sich dessen vor etwa zwei Jahren bewusst geworden. Zu diesem Zeitpunkt war eine komplette Renovierung und Modernisierung des Unternehmens erfolgt. Theo Berger, der das traditionsreiche Familienunternehmen allein führte, war von seinem Neffen, einem erfolgreichen Unternehmensberater mit Sitz in Langenhagen, zu diesem längst fälligen Schritt überredet worden.

„Nur über meine Leiche!", hatte Elisabeth Müller damals aufbegehrt und niemandem - auch nicht Theo Berger, dem sie ansonsten stets ergeben war - war es gelungen, der in die Jahre gekommenen Sekretärin das moderne Bürozeitalter schmackhaft zu machen. So kam es dazu, dass sich die Firma Berger innerhalb kürzester Zeit in ein modernes Unternehmen mit freundlichen Büros und neuester Technik verwandelte, das Sekretariat jedoch so blieb, wie es seit Jahrzehnten war. Denn Elisabeth Müller verweigerte hartnäckig jedem Handwerker den Zutritt zu ihrem Reich.

Obgleich er das Verhalten seiner Sekretärin missbilligte, kapitulierte Theo Berger schließlich vor ihrer Sturheit. Er konnte es sich nicht leisten, Elisabeth Müller gegen sich aufzubringen. Seit Jahrzehnten organisierte sie seinen Arbeitsalltag und zu einem großen Teil auch sein Privatleben. Sie war unentbehrlich für ihn. Und wer weiß, so dachte er damals, vielleicht musste man ihr nur etwas Zeit geben, und sie würde ihre Meinung ändern. Nicht nur in diesem Punkt sollte sich Theo Berger täuschen.

Elisabeth Müller schmunzelte, als sie den Brief, bei dem es sich um eine Anfrage an einen schwedischen Lieferanten von PVC-Hartschaumstoff handelte, nach Fertigstellung noch einmal überflog. *‚Sehr verehrter Herr Lindström'* und *‚In Erwartung Ihrer geschätzten Antwort verbleibe ich hochachtungsvoll…!'* So wurden heute keine Briefe mehr formuliert. Aber Herr Berger hielt an seiner veralteten Schreibweise fest. Daran hatte auch die moderne Büroeinrichtung nichts geändert. Er war eben durch und durch vom alten Schlag, was ihm aber keinesfalls zum Nachteil gereichte. Es machte ihn, im Gegenteil, zu einem begehrten Geschäftspartner. Ein Wort war bei Herrn Berger noch ein Wort. Und Tugenden wie Ehrlichkeit und Verlässlichkeit wurden bei ihm groß geschrieben. Darüber hinaus hatte Herr Berger immer die richtige Nase für ein gutes Geschäft. So hatte er beispielsweise früher als andere erkannt, dass Windenergie einmal eine große Rolle spielen würde. Trotz mancher Proteste von Naturschützern entstanden inzwischen überall im Land Windparks. Das im Werk hergestellte Sandwichmaterial mit einem Kern aus PVC-Hartschaum, das je nach Qualität auch höchsten Ansprüchen genügte, wurde darum nicht nur im Flugzeug- und Schiffsbau erfolgreich eingesetzt. Berger war inzwischen Hauptlieferant von Rotorblättern für viele Windenergiefirmen. Und das Geschäft boomte, wovon nicht nur Herr Berger profitierte, sondern auch seine rund 100 Mitarbeiter. Neue Geschäftskontakte pflegte Herr Berger unter anderem auf der Industriemesse in Hannover zu knüpfen. Hier war er auch auf den Lieferanten aus Schweden aufmerksam geworden. Inzwischen waren schon einige Geschäfte abgewickelt worden und die Beziehung entwickelte sich äußert zufriedenstellend.

Der unermüdliche Einsatz für das Unternehmen und der unbedingte Wille, das Erbe seines Vaters zu erhalten, forderte aber auch seinen Tribut. Vor drei Jahren erlitt Theo Berger einen Herzanfall und war dem Tod nur knapp von der Schippe gesprungen. Zum Glück hatte sich alles wieder zum Guten gewendet. So fit und wohl wie in den letzten fünf Monaten hatte sich Theo Berger allerdings lange nicht gefühlt. Und das hatte seinen Grund.

Obgleich sein Gesundheitszustand also keine Veranlassung dazu gegeben hätte, traf der jetzt 67-jährige seit geraumer Zeit Vorkehrungen für seine Nachfolge. Für den Fall seines Todes plante er außerdem eine Änderung der Bezugsberechtigung seiner Lebensversicherung. Er hatte dazu einen Termin mit Helfried Schild von der NÜRNBERGER VERSICHERUNG verabredet, der ihn in Versicherungsdingen schon seit vielen Jahren bestens betreute. Von all dem wusste sonst niemand etwas, auch seine seit 37 Jahren für ihn tätige, engagierte Sekretärin nicht.

Rechnete man die drei Jahre, die sie in der Zentrale verbracht hatte, dazu, dann war Elisabeth Müller dem Unternehmen fast auf den Tag genau 40 Jahre treu. Ein Blick auf den Kalender verriet, dass ihr Dienstjubiläum vor der Tür stand. In zwei Tagen, am Freitag, war es soweit. Elisabeth ließ ihre Gedanken zurückschweifen.

Mit gerade 17 Jahren war sie nach einer dreijährigen Ausbildung im Einzelhandel, Bereich Farben und Tapeten, vom Seniorchef und Gründer der Firma, Karl-Friedrich Berger, für die Zentrale angestellt worden. Genauso sicher, wie Elisabeth wusste, dass sie in einem Farben- und Tapetengeschäft keine Zukunft hatte, war ihr klar, dass die Zentrale nur eine Zwischenstation in ihrem beruflichen Leben darstellen konnte. Die unauffällige und kaum beachtete Elisabeth hatte sich fest vorgenommen, eines Tages für den sympathischen Juniorchef zu arbeiten und sich als seine Sekretärin unentbehrlich zu machen. Und was Elisabeth sich einmal vornahm, das setzte sie auch in die Tat um! Mit verbissenem Fleiß und Zähigkeit eignete sie sich in ihrer Freizeit alle Fähigkeiten an, die von einer guten Sekretärin erwartet werden konnten. Als dann die attraktive blonde Sekretärin des Juniorchefs, Rosemarie Schmidt, eines Tages plötzlich nicht mehr zum Dienst erschien und man sie nach zwei Wochen tot aus der eiskalten Leine fischte, sah Elisabeth Müller ihre Stunde gekommen. Die Polizeibefragungen waren kaum beendet, da bot sie sich mit hervorragenden Unterlagen als Ersatz für Rosemarie Schmidt an. Sowohl der Senior- als auch der Juniorchef stimmten sofort zu, obgleich sie von der introvertierten Person, die da vor ihnen stand, nicht gänzlich überzeugt waren.

Die mysteriösen Umstände von Rosemarie Schmidts Tod wurden nie geklärt. Die Polizei ging von einem Unglück aus. In der Firma munkelte man aber, dass Rosemarie Schmidt unglücklich in den Juniorchef verliebt gewesen sei und Selbstmord begangen habe. Die Vermutung wurde insofern untermauert, als man bei der unverheirateten Toten eine Schwangerschaft im dritten Monat feststellte. Während sich die Belegschaft noch über die tragischen Vorkommnisse entsetzte, saß die Nachfolgerin von Rosemarie Schmidt an ihrem neuen Arbeitsplatz, berührte liebevoll die Tastatur der glänzenden schwarzen Schreibmaschine, auf der mit geschwungener goldener Schrift der Markenname „Adler" zu lesen war, und wusste, dass sie endlich da angekommen war, wo sie hinwollte. Nichts würde sie mehr von hier vertreiben!

Elisabeth Müller schenkte dem älteren, leicht gebeugten Herrn im grauen Kittel, dessen eiförmiger Kopf von einem Haarkranz umrundet wurde und den immer ein leichter Knoblauchgeruch umgab, wie immer keine Beachtung, als er das Sekretariat betrat, um die Ausgangspost einzusammeln. Darum entging ihr auch der sehnsuchtsvolle Blick, mit dem Edgar Wurm, Postsachbearbeiter und Hausmeister in einer Person, sie bedachte, bevor er sich wieder zurückzog. Niemand im Haus war so kalt und abweisend zu ihm wie Elisabeth Müller. Das verletzte ihn. Andererseits ließ die Art, wie sie mit ihm umging, kleine Schauer des Entzückens über seinen Rücken laufen. Und nachts, wenn er im Bett lag, ließ der allein lebende Mann seinen lüsternen Phantasien freien Lauf.

Ja, der alte Wurm war in Wahrheit nicht der, für den ihn jeder hielt. Nicht nur, dass er im stillen Kämmerlein ein zügelloser Unhold wurde. Schon manch ein Mitarbeiter war über seine Intrigen gestolpert, ohne zu ahnen, dass sie von ihm angezettelt worden waren. Er wusste über jeden im Hause Bescheid. Er belauschte viele Gespräche, die nicht für fremde Ohren bestimmt waren. Auf seinen Streifzügen durch das Gebäude wurde er häufig Dinge gewahr, die vor anderen verborgen blieben. Mehr als einmal war es vorgekommen, dass er heißes Liebesgeflüster zwischen Bergen von verstaubten Aktenordnern vernommen hatte. Diese Beobachtungen ließen sich stets gut in klingende Münzen verwandeln. Aber dieses Mal war es besonders delikat. Seit fünf Monaten ging das schon so. Sein Wissen hütete er wie einen Schatz. Denn dieses Wissen wollte er zu gegebener Zeit nur einer Person preisgeben, und er hoffte auf seine Belohnung. Allerdings war ihm in diesem Fall nicht an Geld gelegen. Würde Elisabeth ihn anhören? Erhören?? Allein der Gedanke raubte ihm den Atem.

Der anstehenden Jubiläumsfeier sah Elisabeth Müller mit gemischten Gefühlen entgegen. Für ein paar Stunden würde sie im Mittelpunkt des Geschehens stehen. Die Vorstellung bereitete ihr Unbehagen. Trotzdem empfand sie auch verhaltene Freude, als sie vor ein paar Tagen registrierte, dass die Kolleginnen und Kollegen, zu denen sie keine engen Kontakte pflegte, bei ihrem Anblick zu tuscheln begannen. Das konnte nichts anderes besagen, als dass die Vorbereitungen für die Jubiläumsfeier zu ihren Ehren in vollem Gange waren. Dafür sprach auch die Tatsache, dass Herr Berger ungewöhnlich hartnäckig darauf bestanden hatte, dass sie morgen, dem Tag vor ihrem Jubiläum, frei nehmen sollte. Sie hatte sich erst ein wenig geziert, aber nachdem Herr Berger vehement darauf beharrte, hatte sie schnell Pläne geschmiedet. Sie würde den Tag für einen Friseurbesuch in *Ingrids Frisierstübchen* nutzen und sich ausnahmsweise außer der Reihe ein neues Kostüm zulegen. Sie liebäugelte mit einem Dreiteiler, den sie im Schaufenster bei Mäntelhaus Kaiser gesehen hatte und der für ihre große, hagere Figur wie geschaffen schien. Darin könnte sie sich bestimmt sehen lassen! Sie würde die Ehrerbietungen über sich ergehen lassen und schon am Montag darauf wäre alles wie immer.

Trotz ihrer 57 Jahre sah Elisabeth Müller ihren Abschied von der Firma erst in weiter Ferne. Die Arbeit bei Berger war ihr Lebensinhalt. Ein Privatleben hatte sie nie gekannt. Außer ihrer alten Mutter, die aufgrund einer schnell fortschreitenden Demenzerkrankung seit einigen Monaten in einem neu errichteten Wohnstift in Pattensen untergebracht war, gab es keine Verwandten mehr. Freundschaften pflegte sie nicht. Wer je einen Annäherungsversuch gewagt hatte, fühlte sich von dieser Frau mit dem milden, leidenschaftslosen Blick, die sich weigerte, etwas von sich preiszugeben und die sich offensichtlich selbst genügte, schon bald zurückgestoßen.

Elisabeth Müller sah auf die alte Uhr an der Wand. Die Zeiger standen auf 17.30 Uhr. Sie musste sich beeilen. Im Pflegeheim hatte sie zugesagt, ihre Mutter heute zu füttern und zu Bett zu bringen. Jedes Mal eine nervenaufreibende Prozedur. Aus Liebe zu ihrer Mutter tat sie das nicht. Nein, die Beziehung zu ihrer Mutter war immer distanziert gewesen. Schon als kleines Kind hatte Elisabeth zu spüren bekommen, dass ihre Mutter nur über ein geringes

Liebespotential verfügte. Es reichte allenfalls für sie selbst und viel später noch für Miss Sophie, eine verwahrloste Katze, die ihr an einem Silvesterabend zugelaufen war. Trotzdem konnte sie ihrer Mutter keine Vorhaltungen machen. Elisabeth war immer korrekt von ihr versorgt worden, und materiell fehlte es ihr an nichts. Nur Liebe, Anerkennung und Geborgenheit hatte sie sie nie spüren lassen. So gab Elisabeth ihrer Mutter jetzt zurück, was sie von ihr empfangen hatte: eine pflichtbewusste Pflege, mehr nicht.

Der Vater, den Elisabeth vergöttert hatte, war gestorben, als sie noch keine zehn Jahre alt war. Noch am selben Tag, als die Nachricht von seinem plötzlichen Tod Elisabeths Mutter überbracht wurde, schickte man sie zu den Großeltern nach Springe aufs Land. Dort blieb sie fast drei Monate. Als sie dann nach Hause zurückkam, waren alle Spuren des Polizeibeamten im höheren Dienst, Karl-Wilhelm Müller, beseitigt worden. Seine Uniform hing nicht mehr an ihrem Platz, sämtliche andere Kleidungsstücke waren aus den Schränken verschwunden, die Hausschuhe waren entsorgt worden und das Bad von seinen wenigen Utensilien befreit. Nichts erinnerte an ihn. Es war gerade so, als hätte es ihren Vater nie gegeben. Elisabeth war traurig und verwirrt. Fragen wurden von der Mutter nicht beantwortet. Einmal hatte sie ein Gespräch belauscht, das die Mutter mit den Großeltern in der Küche geführt hatte. Es waren nur Wortfetzen an ihr Ohr gedrungen. Die raue Stimme des Großvaters hatte sie sagen hören: 'Wie konnte er Dir nur so etwas antun?!!'. Die Großmutter hatte leise etwas von einer ‚unmöglichen Person' und ‚großem Unglück' geflüstert. Elisabeth glaubte sogar, ein Schluchzen zu hören, das offensichtlich von ihrer Mutter kam. Noch nie hatte sie ihre Mutter auch nur eine Träne vergießen sehen! Schließlich wurde das Gespräch beendet, nachdem der Großvater losgedonnert hatte: 'Ich will diesen Namen nie mehr hören!'. Elisabeth hatte danach begriffen, so, wie Kinder es eben begreifen, dass dieses Thema aus irgendwelchen rätselhaften Gründen besser nicht mehr angesprochen wurde. Irgendwann später einmal ließ ihre Mutter verlauten, dass der Vater an einem Herzleiden gestorben sei, was irgendwie sogar der Wahrheit entsprach. Ein Grab gab es nicht.

Karl-Wilhelm Müller war anonym unter einer Rasenfläche verscharrt worden.

Erst seit ein paar Wochen kannte Elisabeth die ganze Wahrheit. Nachdem ihre Mutter ins Pflegeheim umgezogen war, hatte Elisabeth damit begonnen, im Haus Ordnung zu schaffen. Ihre Mutter hatte sich von nichts trennen können, darum waren die Schränke und Schubladen bis zum Bersten vollgestopft mit unnützem Zeug. Bei der Aufräumaktion stieß Elisabeth in dem hintersten Winkel einer Schlafzimmerkommode auf eine alte Schuhschachtel, die mit Bindfaden verschnürt war. Als sie neugierig den Deckel öffnete, fand sie dort sehr persönliche Dinge ihrer Mutter: Fotos aus Kindertagen, einen angelaufenen, goldenen Ring, Liebesbriefe, die von einem Mann stammten, der offensichtlich im Krieg sein Leben gelassen hatte. Das konnte sie aus einer Todesmeldung erkennen, die ebenfalls in der Schachtel lag. Ganz unten im Karton fand sie jede Menge Zeitungsausschnitte. Offensichtlich ging es immer um die gleiche Person: um den Polizeibeamten Karl-Wilhelm M., ihren Vater. Elisabeth setzte sich mit zitternden Knien auf die Kante des alten Doppelbettes und begann, die reißerischen Schlagzeilen über den Artikeln zu lesen:

Polizeibeamter Karl-Wilhelm M. mit Prostituierter aus dem hannoverschen Steintorviertel in flagranti erwischt / Unterhielt Polizeibeamter Karl-Wilhelm M. regelmäßig Kontakte zur Unterwelt? / Polizeibeamter hat Geliebte aus dem Milieu / Veronika F. leugnet jeden Kontakt zu Karl-Wilhelm M.

Auf einem Zeitungsabschnitt war ihr Vater abgebildet, zusammen mit einer zarten, blonden Person, um die er schützend seinen Arm gelegt hatte. Mit der anderen Hand hatte er offensichtlich versucht, die Fotografen abzuwehren. Elisabeth spürte einen tiefen Stich im Herzen. Zum ersten Mal seit 47 Jahren hielt sie wieder ein Foto ihres Vaters in den Händen. Alte Wunden brachen auf und das schreckliche Gefühl, verlassen worden zu sein. Diese Geliebte, warum meinte sie, sie schon einmal gesehen zu haben? Das Gesicht kam ihr so bekannt vor. In einem letzten Artikel hieß es:

Karl-Wilhelm M. erschießt erst Geliebte mit seiner Dienstwaffe und begeht danach Selbstmord!

Aus dem nachfolgenden Bericht ging hervor, dass Karl-Wilhelm M. und Veronika F. einen Abschiedsbrief hinterlassen hatten. Sie hätten beide den Druck der Öffentlichkeit nicht mehr ausgehalten, so hieß es darin, und sie könnten es nicht ertragen, dass ihre Liebe in den Schmutz gezerrt wurde. Veronika F. sprach ihren Geliebten mit rührenden Worten von aller Schuld frei. Sie hatte zusammen mit ihm sterben wollen und ihn darum gebeten sie zuerst zu erschießen.

Das war also das Geheimnis gewesen, das jahrzehntelang im Hause Müller totgeschwiegen und vor ihr verborgen worden war. Elisabeth brauchte lange Zeit, um das Gelesene halbwegs zu verarbeiten. Dann begann sie, Nachforschungen hinsichtlich der Grabstätte ihres Vaters zu betreiben. Schließlich fand sie heraus, dass sich das anonyme Grab ihres Vaters auf dem Alten Ricklinger Friedhof befand, an einer Stelle, die Selbstmördern vorbehalten war. Es war genau der Friedhof, der an das Elternhaus angrenzte, in dem sie von Geburt an lebte und auf den sie jeden Tag vom Fenster aus hinabsehen konnte. Ihr Vater, den sie so vermisst hatte, war immer in ihrer Nähe gewesen.

Die türkische Putzfrau Özgül steckte den Kopf zur Tür herein. „Noch nix putzen hier!", bedeutete Elisabeth ihr knapp. Özgül ließ sich von dem Ton nicht abschrecken. „Kein Problem, Frau Müller. Ich komme später wieder.", antwortete sie in perfektem Deutsch.

Elisabeth griff nach der fertigen Unterschriftsmappe und ging geradewegs in das angrenzende Büro von Herrn Berger. Dort plazierte sie die Mappe auf der auf Hochglanz polierten schwarzen Schreibtischplatte, auf der sich nur ein moderner Flachbildschirm, ein Foto im Silberrahmen und ein Tischkalender befanden. Neben der Anmerkung „Urlaub Frau Müller" war in dem Kalender für 7.00 Uhr früh ein Termin vermerkt, den Elisabeth Müller nicht einordnen konnte. „Reinsch" stand dort ohne weitere Angaben. War das nicht der Malerbetrieb, der vor zwei Jahren einen Teil der Renovierungsarbeiten durchgeführt hatte? Für den Tag darauf hatte Herr Berger vermerkt: 40-jähriges Jubiläum Frau Müller!! Zwei Ausrufezeichen. Sogleich schoss Elisabeth das Blut in den Kopf. Auch wenn sie es sich nicht eingestand: sie lechzte nach noch mehr Anerkennung von Theo Berger. Sicher würde er bei ihrem Jubiläum mit Lob nicht sparen.

Beachtung zu finden, das war schon für das Kind Elisabeth wichtig gewesen. Mit sechs Jahren wurde sie in der Volksschule Stammestraße in Ricklingen eingeschult. Bis zum Tod ihres Vaters war sie nur eine mittelmäßige Schülerin und fiel in dem überfüllten Klassenzimmer nicht auf. Nachdem der Vater verstorben war, hatte sie jedoch alle Anstrengungen unternommen, um Klassenbeste zu werden. Sie wollte die Anerkennung der Mutter gewinnen und Bewunderung von den Mitschülern ernten, die sie nicht mochten, sie hänselten und „Lieschen Müller" nannten. Besonders aber wollte sie die Aufmerksamkeit der Lehrerin, Fräulein Hildebrandt, auf sich lenken. Leider gab es da noch die zierliche blauäugige Eva-Maria mit den blonden Zöpfen, die nicht nur bessere Noten schrieb als Elisabeth, sondern wegen ihrer reizenden Art von jedem gemocht wurde. Auch und besonders von Fräulein Hildebrandt, die Eva-Maria zugestand, als Klassenbeste von Zeit zu Zeit neben ihr am Pult zu sitzen, die Klasse zu beaufsichtigen und bei Eintragungen im Klassenbuch behilflich zu sein. Wie hatte Elisabeth Eva-Maria beneidet! Bis dann der Badeunfall im Sommer 1958 alles veränderte! Bei einem Klassenausflug zu den Kiesteichen in der Nähe war Eva-Maria, die nur eine mäßige Schwimmerin war, mit ihrer neuen Luftmatratze leichtsinnigerweise zu weit hinausgepaddelt. Der Stöpsel einer Luftkammer hatte sich gelöst, das Mädchen war daraufhin wohl in Panik geraten und ertrunken. Erst zu spät war ihr Verschwinden bemerkt worden. Fräulein Hildebrandts Augen weiteten sich vor Entsetzen, als man den leblosen Körper des Kindes, für das sie verantwortlich gewesen war, nach Stunden des Suchens am Ufer ablegte und ein herbeigeholter Arzt nur noch den Tod feststellen konnte. Fräulein Hildebrandt hatte sich von diesem Erlebnis nie wieder erholt. Wochenlang war sie krank gewesen. Später bereitete ihr der Unterricht Mühe. Elisabeth versuchte als Klassenprimus, ihr eine Stütze und Hilfe zu sein, wenn sie neben dem Lehrerpult saß, die Klasse im Auge behielt und Eintragungen im Klassenbuch vornahm.

Vom Fenster ihres Kinderzimmers aus konnte Elisabeth gerade noch die Flügelspitze eines Marmorengels auf dem weiten Gelände des Ricklinger Friedhofs erkennen. Dort hatten Eva-Marias Eltern ihrem kleinen Liebling ein Denkmal gesetzt. Auf der Grabplatte am Fußende des Marmorengels war eingraviert:

Hier ruht unser einziges Kind
Eva-Maria
1947-1958

Noch heute wurde das kleine Grab gepflegt, obgleich die Eltern, wohl vor Kummer, schon früh verstorben waren.

Aus dem Bilderrahmen auf Herrn Bergers Schreibtisch lächelte Elisabeth eine Frau mit leichtem Silberblick gönnerhaft entgegen. Sie trug ein grünes Jägerkostüm. An der Seite war ihr treuer Begleiter zu sehen, ein braun-weiß gefleckter Münsterländer. Elisabeth hatte das Gefühl, als habe die Frau ihre Gedanken nach mehr Beachtung erraten. Das Foto zeigte Theo Bergers Ehefrau Margrit, Tochter aus gutem Hause, um drei Ecken verwandt mit dem Keksfabrikant Bahlsen. Er hatte sie kurze Zeit nach dem mysteriösen Unglücksfall von Rosemarie Schmidt in aller Stille geheiratet. Im Betrieb wurde von einer „Vernunftehe" gesprochen. Kinder waren daraus nicht entstanden. Der Umstand, dass Theo Berger seine Frau nicht aus Liebe geheiratet hatte, machte es Elisabeth Müller möglich, die Frau an seiner Seite zu akzeptieren. Ohnehin ging es ihr nicht um sexuelle Annäherung. Körperliche Nähe war Elisabeth zutiefst zuwider und sie konnte sie nicht ertragen. Aber über einen Mann wie Theo Berger Macht zu besitzen, davon war sie besessen. Die unscheinbare Margrit Berger passte also gut in ihr Konzept, und im Laufe der Jahre hatten Sekretärin und Ehefrau ein stilles Übereinkommen getroffen: sie teilten sich Theo Berger - und sie hatten ihn unter Kontrolle. Die eine tagsüber, die andere nach Feierabend und an den Wochenenden. Fast täglich fand das gleiche Ritual statt: sie telefonierten um kurz vor 12.00 Uhr miteinander, bevor Elisabeth den Anruf zu Theo Berger durchstellte. Die Telefonate waren immer kurz, hatten oft den gleichen Wortlaut und waren auch nicht sehr persönlich, aber jede von beiden gab der anderen das Gefühl: wir haben alles im Griff!

Elisabeth Müller zwinkerte dem Foto von Margrit Berger verschwörerisch zu, bevor sie das Büro ihres Chefs wieder verließ. Dann packte sie schnell ihre Sachen zusammen und strebte in Richtung Ausgang.

Die sehr junge und sehr blonde Sabrina Frost aus der Zentrale, die Theo Berger vor knapp sechs Monaten eingestellt hatte, flötete ihr mit zuckersüßer Stimme hinterher: „Schönen Feierabend, Frau Müller.". Diese Person war Elisabeth unsympathisch. Die Art ihres Auftretens missfiel ihr ebenso wie ihre aufreizende Kleidung. Das Niveau entsprach nicht dem einer Empfangsdame, wie Elisabeth sie sich vorstellte. Sie würde mit Herrn Berger sprechen und ihm vorschlagen, Frau Frost nach der Probezeit nicht in ein festes Angestelltenverhältnis zu übernehmen.

Im Wohnstift traf Elisabeth ihre Mutter in schlechtem Zustand an. „Wer sind Sie und was wollen Sie von mir?". Sie erkannte Elisabeth wieder einmal nicht und das Zubettbringen wurde zur Tortur.

Erst Stunden später öffnete Elisabeth Müller die Tür zu ihrem Elternhaus 'An der Bauerwiese' am 'Alten Ricklinger Friedhof'. Auf dem Friedhof fanden nur noch wenige Beerdigungen statt. Eine Großstadt hat viele Tote. Darum gab es inzwischen ein weiteres Friedhofsgelände an der Göttinger Chaussee. Um den neuen von dem alten Friedhof zu unterscheiden, hießen sie darum der „Alte Ricklinger Friedhof" und der „Neue Ricklinger Friedhof".

Miss Sophie, die betagte Katze ihrer Mutter, sprang Elisabeth entgegen, als sie in den Flur trat. Sie funkelte sie aus großen bernsteinfarbenen Augen an, miaute kurz und gebieterisch und erwartete, dass Elisabeth umgehend die Tür zum Balkon öffnete. Von hier aus sprang sie über einen Hausabsatz in den verwilderten Garten und gleich danach über die angrenzende Friedhofsmauer, um sich auf ihre allabendliche Pirsch zwischen schlichten alten und zum Teil mit Moos und Efeu überwucherten Grabsteinen und wenigen neueren glänzenden Obelisken zu begeben. Miss Sophie würde die ganze Nacht draußen bleiben und erst am frühen Morgen zurückkehren.

Elisabeth hatte sich mit der alten Katze arrangiert. Sie mochten einander zwar nicht sonderlich, aber eine nutzte die andere für ihre Zwecke: Miss Sophie wusste ein Dach über ihrem Kopf und ihren Lieblingssessel zu schätzen, und

Elisabeth fühlte sich ohne die Katze nicht ganz so einsam in dem alten Haus.

Elisabeth begab sich früh zu Bett. Sie las noch ein wenig in dem Krimisammelband „Tatort Hannover", den sie kürzlich in der Buchhandlung Schmorl & von Seefeld entdeckt und erstanden hatte. Obgleich die Lektüre spannend war, fielen Elisabeth nach dem anstrengenden Bemühen, ihre Mutter bettfertig zu machen, schon bald die Augen zu. Das Gelesene webte sich in ihre unruhigen Träume ein. Sie wachte auf, als sie ein leises Geräusch vernahm und hatte das unbestimmte Gefühl, beobachtet zu werden. Als sie die Augen aufschlug, blickten sie Katzenaugen starr an. Miss Sophie war von ihrer nächtlichen Tour durch das offene Schlafzimmerfenster zurückgekehrt. Diese Katze war Elisabeth unheimlich. Manchmal hatte sie das Gefühl, sie schaue ihr bis in die Abgründe ihrer Seele.

Nach einem hastigen Frühstück machte sich Elisabeth am folgenden Morgen auf den Weg, um die Dinge zu erledigen, die sie sich vorgenommen hatte. Und als sie am Abend wieder zu Hause war, hatte sie das Gefühl, dass es ein schöner Tag gewesen war.

Die quirlige Friseurin Frau Fleischer im Salon „Ingrids Frisierstübchen" hatte sie endlich zu einem neuen Haarschnitt überreden können. Der Bubikopf und die rotblonden Strähnchen in ihrem ansonsten mittelaschblonden Haar ließen Elisabeths Gesicht nun weniger streng wirken. Und der Dreiteiler bei Mäntelhaus Kaiser hatte tatsächlich gepasst. So viel Mut zur Veränderung musste belohnt werden. Elisabeth hatte sich eine leckere heiße Schokolade mit Sahnehaube in der Holländischen Kakaostube in der Ständehausstraße gegönnt. Bei dem neu eröffneten Bäcker Siebrecht gleich gegenüber kaufte sie noch für das Abendbrot zwei „Ofenfrische". Die schwarzhaarige Bäckereiverkäuferin scherzte gerade mit dem türkischen Gemüsehändler, der seinen Stand gleich gegenüber hat, wobei ihre rehbraunen Augen fröhlich funkelten. Die heitere Stimmung dort hatte Elisabeth angesteckt, und sie hatte guter Dinge den Heimweg angetreten. Nun stand sie vor dem Spiegel und betrachtete ihr verändertes Abbild. Ihr Jubiläum konnte kommen! Sie war gerüstet!

Das war am Donnerstag. Drei Tage später, am Sonntag, hatte sich Elisabeth immer noch nicht erholt von dem schlimmsten Tag ihres Lebens seit dem Tod ihres Vaters. Das Jubiläum war zum Desaster geworden. Bei den Feierlichkeiten war ihr von Herrn Berger eröffnet worden, dass Sabrina Frost aus der Zentrale ab sofort seine erste Kraft im Sekretariat sein würde. Angeblich mit Rücksicht auf sie, Elisabeth, die sich ja bestimmt nun bald, nachdem sie so viele Jahre für die Firma tätig war, ganz ins Privatleben zurückziehen wolle. Finanziell werde man sich sicher einig werden. Er wüsste schließlich, so Herr Berger, was er ihr schuldig sei. Und bis ein entsprechender Aufhebungsvertrag umgesetzt sei, solle sie Sabrina Frost in die Geheimnisse des Sekretariats einweisen. Elisabeth hatte die ganze Zeit das Gefühl, sich in ihrem eigenen Albtraum zu befinden. Ihr Gesicht brannte vor Scham. Verzweifelt suchte sie Schutz hinter dem riesigen Strauß Nelken, der ihr von Herrn Berger übergeben worden war. Und es gab noch eine Steigerung ihrer Qual. Als sie mit weichen Knien in ihrem Büro Zuflucht suchen wollte, während die anderen fröhlich ihr Jubiläum feierten, traf sie fast der Schlag. Eine düstere Ahnung überkam sie schon, als sie von weitem feststellte, dass die Tür mit der Milchglasscheibe ersetzt worden war. Der Farbgeruch im Flur deutete weiteres Unheil an. Und dann der Schock: Ihr Büro gab es quasi nicht mehr! Es war in einer Nacht- und Nebelaktion vollständig ausgeräumt und renoviert worden. Die Wände erstrahlten in einem kalten Weiß. Einzig und allein die großen Farbdrucke von Bildern der Künstlerin Rosina Wachtmeister – wie sich später herausstellte, die Lieblingsmalerin von Sabrina Frost - brachten etwas Farbe in den Raum. Ein Computer zierte einen großen, modernen Schreibtisch. Darauf ein Namensschild: *Sabrina Frost*. Ganz hinten in einer Ecke gab es noch ein bescheidenes Plätzchen, das offensichtlich ihr für die Übergangszeit zugedacht war. Das Allerschlimmste aber war, dass ihre heiß geliebte alte Adler Schreibmaschine auf dem Müll gelandet war! Bei dieser Erkenntnis hatte Elisabeth die Tränen nicht mehr zurückhalten können. Zum ersten Mal, seit sie bei der Firma Berger arbeitete, weinte sie hemmungslos.

In diesem unglückseligen Zustand hatte Edgar Wurm sie vorgefunden. Es tat ihr wohl, dass er sie getröstet und sich um sie gekümmert hatte. Er „entführte" sie in seinem Auto, und sie machten einen Spaziergang in den Herrenhäuser Gärten. Für die wunderschöne herbstlich bepflanzte Anlage hatte sie allerdings keinen Blick. Die frische, klare Luft an diesem sonnigen Oktobertag tat ihr gut, und ganz allmählich hatte sie wieder ein wenig Fassung gewonnen. Und dann kam der nächste Schlag: Herr Wurm klärte sie behutsam darüber auf, dass Herr Berger seit fünf Monaten ein intimes Verhältnis zu Sabrina Frost unterhielt. Elisabeth war entsetzt! Und dieses Entsetzen hatte sich bis heute, Sonntag, nicht gelegt.

Sie schrak zusammen, als das Telefon klingelte. Am anderen Ende zunächst Stille. Dann ein leises Schluchzen. Schließlich gab sich mit belegter Stimme Margrit Berger zu erkennen. „Mein Mann ist seit zwei Tagen nicht nach Hause gekommen. Er sagt, dass er mich verlassen will.". Zum ersten Mal hatten die beiden Frauen dann ein langes, sehr langes, persönliches Gespräch miteinander. Und als Elisabeth den Hörer auf die Gabel legte, hatten sie einen teuflischen Plan gefasst.

Tapfer ging Elisabeth Müller tags darauf und in den folgenden Wochen jeden Tag zur Arbeit, setzte sich in ihre Ecke und bemühte sich, gleichgültig zu wirken und sich ihre Demütigung nicht anmerken zu lassen. Sabrina Frost scharwenzelte den ganzen Tag um Theo Berger herum - und Theo Berger genoss es! Beide schenkten Elisabeth in ihrer Verliebtheit kaum Beachtung. Einmal wurde Elisabeth Zeuge, wie Herr Berger Sabrina Frost, in einem Moment, als er sich unbeobachtet glaubte, in die Arme nahm und ihr zärtlich einen Kosenamen ins Ohr flüsterte. „Mein Püppi“ nannte er sie! Und seine Hände liebkosten Sabrinas jungen Körper! Das war beinahe zu viel für Elisabeth. Sie kannte Theo Berger nicht wieder.

Knapp fünf Wochen später, an einem regnerischen grauen Tag im November, erschien Sabrina Frost nicht zur Arbeit. Sie meldete sich weder krank noch ließ sie sonst etwas von sich hören. Auch die nächsten Tage verstrichen ohne Nachricht. Die anfängliche Besorgnis von Theo Berger schlug in Verzweiflung um. Sabrina war weder in ihrem kleinen Ein-Zimmer-Appartement in Linden anzutreffen noch auf ihrem Handy zu erreichen. Auch Sabrinas Vater, der keinen sehr engen Kontakt zu seiner Tochter unterhielt, konnte über ihren Verbleib nichts sagen. Sabrina war früh ihre eigenen Wege gegangen, nachdem die Mutter bei einem tragischen Verkehrsunfall ums Leben gekommen war und er sich aus Kummer in seine eigene Welt zurückgezogen hatte. Nun, da seine Tochter vermisst wurde, überhäufte er sich mit Vorwürfen. Selbst bei der Polizei beschäftigt, leitete er am dritten Tag eine große Suchaktion ein.

Theo Berger war mit den Nerven am Ende. Alles erinnerte ihn an eine Situation, in der er sich schon einmal befunden hatte, vor 37 Jahren. Er erlitt eine schwere Herzattacke im Büro und verdankte es Elisabeth, dass der Anfall nicht tödlich ausging. Sie reichte ihm noch rechtzeitig das Nitrospray, von dem sie seit seinem ersten Anfall vor drei Jahren immer eines für den Notfall aufbewahrt hatte. Theo Berger war seiner alten, treuen Sekretärin zutiefst dankbar, und der Gedanke, der kurz in ihm aufgekeimt war, nämlich dass seine Sekretärin etwas mit dem Verschwinden der beiden Frauen zu tun haben könnte und möglicherweise eine Mörderin war, wurde sofort wieder verworfen. Er sah einfach Gespenster!

Tatsächlich hatte Elisabeth einen Moment mit sich gerungen und überlegt, das lebensnotwendige Medikament zurückzuhalten. Aber sie hatte sich anders besonnen. Sollte

Theo Berger doch ruhig noch etwas leiden! Sie würde sich an den verabredeten Plan halten.

Eine Woche später wurde das Wild in einem Wäldchen bei Burgdorf durch einen Gewehrschuss aufgeschreckt. Der Schuss galt aber dieses Mal nicht den Hasen, Rebhühnern oder Rehen. Und er wurde auch nicht draußen, sondern in der gemütlichen, kleinen Jagdhütte in dem Jagdrevier der Familie Berger abgegeben. Frau Berger hätte später bei der Polizei aussagen sollen, sie habe ihren Mann für einen Einbrecher gehalten und abgedrückt. Die beiden Frauen hatten sich für ihren Plan die Tatsache zunutze gemacht, dass sich Theo Berger und Sabrina Frost die Jagdhütte zu ihrem heimlichen Liebesnest erkoren und sich häufig dort getroffen hatten. Theo Berger war eine gefälschte Nachricht zugespielt worden: Sabrina werde ihn nachts in der Jagdhütte erwarten und eine Erklärung für ihr plötzliches Verschwinden liefern. Theo Berger war überglücklich und hatte keinerlei Zweifel an der Echtheit der Nachricht. Und so stand er zum verabredeten Zeitpunkt mit leuchtenden Augen im Türrahmen der Jagdhütte. Dort sah er sich allerdings nicht der sehnlich erwarteten Sabrina, sondern seiner Frau mit dem Gewehr im Anschlag gegenüber.

Bis hierher war alles glatt gelaufen. Aber an diesem Punkt ging der Plan, den die beiden Frauen ausgeheckt hatten, schief. Frau Berger verließ plötzlich der Mut. Sie ließ das Gewehr wieder sinken. Was folgte, war ein heftiger, erbitterter Streit. Der wurde unterbrochen, weil Theo Bergers Handy klingelte. Das folgende Telefonat war kurz. Theo Berger war leichenblass geworden. Und dann ging alles ganz schnell. Er ergriff das Gewehr seiner Frau und erschoss sich vor ihren ungläubigen Augen. Die Polizei hatte ihm gerade mitgeteilt, dass Sabrina Frosts Leiche gefunden worden sei. Sie war im Wehr der Leine angeschwemmt worden.

Elisabeth Müller ging nun nicht mehr ins Büro. Bei der Firma Berger führten jetzt andere das Regiment. Aber das Leben kam ihr plötzlich auch ohne Büroarbeit nicht mehr ganz so sinnlos vor. Sie würde die Gräber all der Menschen pflegen, die mit ihrem Leben so sehr verbunden waren: das Grab der kleinen Eva-Maria, das von Rosemarie Schmidt und nun auch die von Sabrina Frost und Theo Berger, die vor zwei Monaten auf dem Alten Ricklinger Friedhof beigesetzt worden waren.

Es war leicht gewesen, Eva-Maria und Rosemarie Schmidt ins Jenseits zu befördern. Bei Eva-Maria hatte sie nur tauchen und den Stöpsel aus ihrer Luftmatratze ziehen müssen. Und Rosemarie Schmidt war viel zu überrascht gewesen, als sie an dem einsamen Treffpunkt statt Theo Berger, mit dem sie meinte, verabredet zu sein, Elisabeth Müller vor sich sah. Sie hatte am Brückengeländer über der Leine gelehnt. Elisabeth hatte sich urplötzlich gebückt, Rosemarie Schmidts Beine gepackt und die zierliche Person über das Geländer in die Leine geworfen. Bei Sabrina Frost hatte sie zu dem gleichen Trick gegriffen. Allerdings ließ sich ihr Vorhaben dieses Mal nicht so leicht in die Tat umsetzen. Sabrina Frost hatte schneller begriffen als Rosemarie Schmidt. Es hatte einen Kampf gegeben. Aber letztlich hatten ihr alle Wehrhaftigkeit und ihre lauten Schreie, die ungehört in der tiefschwarzen Nacht verhallten, nichts genutzt. Eine wilde, irre Entschlossenheit hatte Elisabeth die Oberhand behalten lassen. Mit aller Kraft hatte sich Sabrina Frost, die Nichtschwimmerin war, schließlich noch am äußeren Brückengeländer festgeklammert, um nicht in die Tiefe zu stürzen. Elisabeth kostete es viel Mühe, jeden verkrampften Finger einzeln von den Geländerstäben zu lösen. Nach vollbrachter Tat hatte sie sich einfach nur noch ausgelaugt und alt gefühlt. Sie schwor sich, dass dies das letzte Mal gewesen war.

Klack, klack, klack. Elisabeth hämmerte auf der alten Adler Schreibmaschine, die jetzt an einem extra dafür hergerichteten Platz in dem geräumigen Wohnzimmer stand, herum. Zwischendurch strich sie immer wieder einmal liebevoll über die Tastatur. Ja, Herr Wurm hatte das geliebte Stück vor dem Verschrotten für sie gerettet. Der Gute! Sie müsste sich etwas für ihn einfallen lassen, denn sicher erwartete er ein Entgegenkommen. Man würde sehen, wie es sich entwickelte. Wenn er zu lästig wurde, gab es ja Mittel und Wege ...!

Klack, klack, klack. Elisabeth hatte vor vier Wochen damit begonnen, ihre Memoiren zu schreiben. Alles, was sie erlebt hatte, drängte plötzlich mit solcher Intensität aus ihr heraus, dass sie an manchen Tagen von morgens bis abends schrieb, ohne zu bemerken, wie die Zeit verging. Neben der Schreibmaschine hatte sich inzwischen ein ansehnlicher Stapel vollgeschriebener DIN A 4-Seiten angesammelt. In der Schreibmaschine steckte die Seite 113. Bevor sie diese Seite beenden konnte, klingelte es plötzlich an der Tür. Elisabeth ließ sich nur ungern aus ihren Gedanken reißen, aber sie stand schließlich doch auf und öffnete die schwere Haustür. Vor ihr stand ein Mann in Polizeiuniform, in dem sie Sabrina Frosts Vater erkannte. Sie hatte ihn bei der Beerdigung gesehen. „Elisabeth Müller?!". „Ja?!". „Erschrecken Sie bitte nicht. Ich bin zwar uniformiert, aber ich bin ganz privat hier. Mein Name ist Karl-Heinz Frost. Sie wissen schon, der Vater von Sabrina. Wir haben uns kurz bei der Beerdigung gesehen. Ich war gerade auf dem Friedhof, habe nach dem Grab gesehen und da dachte ich, ich schaue mal vorbei. Ich habe da nämlich etwas herausgefunden.". Elisabeth wurde es ein wenig ungemütlich zumute. Herr Frost zog seine Brieftasche aus der Jacke, entnahm ein Foto und reichte es ihr. „Kennen Sie den Herrn?". Elisabeth warf einen Blick darauf und erkannte ihren Vater. „Wie kommen Sie an das Foto?". Elisabeth sah verwirrt auf. „Das ist Ihr Vater, nicht wahr, Karl-Wilhelm Müller? Jetzt halten Sie sich fest: Ich habe herausgefunden, dass er auch mein Vater war. Er hatte ein paar Jahre ein Verhältnis mit meiner Mutter, Veronika Frost. Sie werden sicher von der Affäre gehört haben. Es stand ja in allen Zeitungen. Was der Presse damals nicht bekannt war, war die Tatsache, dass aus der Beziehung ein Kind hervorgegangen ist. Meine Mutter hatte mich schon gleich nach der Geburt zu ihrer Schwester in Pflege gegeben. Sie wissen ja vielleicht, dass ihr Beruf nicht so ganz bürgerlichen Vorstellungen entsprach.". Verlegen griff er nochmals in die Brieftasche und zeigte Elisabeth auch ein Foto von seiner Mutter. Das gleiche Gesicht! Jetzt wusste sie endlich, woher es ihr so bekannt vorgekommen war: Sabrina Frost hatte ihrer Großmutter zum Verwechseln ähnlich gesehen. Sie hatte also ihre Nichte ...! „Ich dachte mir,", fuhr Karl-Heinz Frost fort, „da ich nun meine Sabrina verloren habe, vielleicht, ich meine, nur wenn es Ihnen recht ist, vielleicht könnten wir uns ja ein wenig näher kennen lernen. Schließlich sind wir ja Halbgeschwister.". Er machte eine kurze Pause, damit Elisabeth die Neuigkeit ein wenig verarbeiten konnte.

„Und da ist noch etwas. Ich habe einen alten Kollegen, der sich erinnert hat, dass er 1967 in einem fast identischen

Fall ermittelt hat, der ebenfalls im Zusammenhang mit der Firma Berger gestanden hat. Es ging um eine Frau mit dem Namen Rosemarie Schmidt. Erinnern Sie sich? Aber eigentlich müssten wir ja 'du' sagen. Wie gesagt, die Parallelen zu dem jetzigen Fall sind eindeutig. Wir haben uns nun gefragt, ob es sich bei den beiden angeblichen Unglücksfällen möglicherweise tatsächlich um Mord gehandelt haben könnte. Was den Täter anbelangt, haben wir auch schon einen konkreten Verdacht.". Elisabeth drohten die Beine zu versagen. Sie hatte sich so sicher gefühlt! „Könntest Du dir vielleicht vorstellen,", fuhr Karl-Heinz Frost fort, „dass Theo Berger ein Mörder war? Wir denken, dass er sich auf diese Art und Weise seine Geliebten vom Halse geschafft hat, sobald sie ihm lästig wurden. Du hast doch lange für ihn gearbeitet und ihn sicher gut gekannt. Vielleicht kannst Du uns ja mit Deinem Wissen behilflich sein, den Tod der beiden aufzuklären?!".

Erleichtert ließ Elisabeth ihren neu gewonnenen Bruder ins Haus und bot ihm einen Platz auf dem urigen Sofa im Wohnzimmer an, von wo aus man über den Alten Ricklinger Friedhof blicken konnte. Dann eilte sie mit vor Aufregung leicht geröteten Wangen in den Keller, um eine gute Flasche Wein zu holen. Schließlich war das ein besonderer Tag! Als sie nach ein paar Minuten mit einem 67er Chateau Cameron Grand Cru das Wohnzimmer betrat, saß ihr Bruder nicht mehr auf dem Sofa. Er stand mit dem Rücken zu ihr und beugte sich sehr interessiert über die alte Adler Schreibmaschine. Er war so vertieft, dass er Elisabeth nicht kommen hörte. „Unglaublich!", zischte er durch die Zähne. Elisabeth stellte die Flasche Wein leise ab. Dann griff sie zu dem Schürhaken, eine lange Röhre aus poliertem Messing mit schwerem Knauf, der an dem alten Kamin lehnte. Schade, der Gedanke, nun einen Bruder zu haben, hatte ihr wirklich gefallen. Sie packte den Schürhaken und ließ ihn mit einem hohen Heulen in dem Moment niedersausen, als Karl-Heinz Frost sich zu ihr umdrehte.

Die alte Katze, Miss Sophie, die alles gesehen und gehört hatte, verließ das unheimliche Haus auf der Stelle und ließ sich nie wieder blicken.

Dagmar Seidel-Raschke, geb. Stahlschmidt, erblickte das Licht der Welt am 9. April 1955 in Werdohl im Märkischen Sauerland, einem kleinen beschaulichen Städtchen mit bewaldeten Höhen, die einen herrlichen Ausblick auf das Lennetal gewähren. Hier wuchs sie wohl behütet von ihren Eltern mit zwei Schwestern auf. Nach dem Abschluß der Realschule 1972 machte sie eine Ausbildung zur Industriekauffrau bei den Vossloh-Werken und arbeitete dort anschließend als kaufmännische Angestellte.

1985 verließ sie Werdohl, um sich in der „Großstadt" Hannover privat und beruflich neu zu orientieren. Für ein schwedisches Unternehmen war sie als Exportsachbearbeiterin, später als Chefsekretärin, tätig. Während dieser Zeit legte sie die Ausbildereignungsprüfung ab und besuchte eine Privatschule für Sprachen mit Abschluss vor der London Chamber of commerce and industry. Weitere Sekretariatserfahrungen machte sie anschließend bei einem alteingesessenen mittelständischen Unternehmen in Hannover. Parallel erfolgte eine Weiterbildung zur Geprüften Chefassistentin. Seit 1994 arbeitet sie als Chef-Sekretärin für die NÜRNBERGER VERSICHERUNGS-GRUPPE in Hannover und fühlt sich dort sehr wohl.

Privat engagiert sich Dagmar Seidel-Raschke im Tierschutz und Natur- und Umweltschutz. Durch Gartenarbeit, Radfahren und Power Walking hält sie sich fit. Mörderisches Hobby der ansonsten braven Hausfrau und Sekretärin: das Schreiben von Krimi-Kurzgeschichten. Eine Freizeitbeschäftigung, die sie zu den „Sisters in Crime", einem internationalen Verband mit dem Ziel, Krimis von Frauen zu fördern, und zu dem Künstlerinnenverband GEDOK geführt hat, wo sie neuerdings Mitglied ist.

Dagmar Seidel-Raschke wohnt mit ihrer Familie und fünf Stubentigern in Pattensen bei Hannover.

Das Erbe von Fritz

KARIN **SPEIDEL**

„Du hast ihn umgebracht!“, wie eine Schlange zischte mir Diana diese unglaublichen Worte entgegen. Was für eine Anschuldigung! Dabei hatte ich extra zur Aufmunterung ihr Leibgericht gekocht, selbstgemachte Nudeln mit superscharfem Paprikagulasch und Feldsalat. Wir saßen am Esstisch im Wohnzimmer. Ich hatte mir als Vegetarierin eine gute Portion Nudeln und eine nicht gerade kleine Menge von dem köstlichen Salat aufgetan.

Ungläubig schaute ich in Dianas vom Weinen gerötete Augen. Ihr Gesicht war leicht aufgedunsen, die dunklen Augenringe kamen von den schlaflosen Nächten. Ja, diese hatten ihre Spuren hinterlassen. Grund ihres jämmerlichen Gemütszustandes war Paul. Dianas neuester Lover, Freund, Bekanntschaft oder was auch immer man zu ihm sagen wollte. Seit genau einer Woche war Paul verschwunden - wie vom Erdboden verschluckt. Ein komischer Typ. Allein die unbeschreiblichen Tattoos, die er auf seinen Oberarmen - und wer weiß, wo sonst noch - hatte, machten ihn für mich äußerst verdächtig. Er konnte diese Andenken doch nur aus dem Knast haben. Vielleicht aus der Justizvollzugsanstalt an der Schulenburger Landstraße zwischen den Stadtteilen Vinnhorst und Hainholz. Das war durchaus möglich. Paul sah zu allem Überfluss auch noch unverschämt gut aus: Schwarze Haare, stahlblaue Augen und ein Körper, der keinen Vergleich mit den ausgestellten Skulpturen im Landesmuseum, nahe des Maschsees, scheuen musste.

Er sprach Diana vor etwa einem Monat auf dem Ernst-August-Platz direkt vor dem Hauptbahnhof an. Paul suchte damals eine Unterkunft für sich und seinen besten Freund Nico, einem reinrassigen Schäferhund mit ellenlangem Stammbaum, der weiter zurückreichte als der mancher niedersächsischer Adelsgeschlechter.

Diese beiden Gestalten standen also wenige Stunden nach dem „Kennenlernen“ am Hauptbahnhof vor unserer Tür. Diana und ich lebten seit einigen Jahren zusammen in dem Haus, das ich von Fritz geerbt hatte, einem entfernten Verwandten väterlicherseits - in Hannover geboren und stadtbekannt. Diana und ich waren Freundinnen, hatten uns jedoch im zarten Alter von 13 Jahren aus den Augen verloren, weil ihre Eltern alle paar Jahre einen Tapetenwechsel brauchten. Es war also selbstverständlich für mich, sie als Mieterin zu nehmen, als ich vor einigen Jahren eine Anzeige in der Hannoverschen Allgemeinen aufgegeben hatte. Ich wollte einige Zimmer vermieten, in der Roten Reihe - wunderbar in der Altstadt gelegen. Es hatten sich damals eine Vielzahl von Handwerkern gemeldet (die kann man immer im Haus gebrauchen), bis hin zur Zahnärztin, die mir einen Supersonderpreis für meine Kronenerneuerung angeboten hatte.

Ich entschied mich für meine alte Sandkastenfreundin. Diana und ich verstanden uns gut. Selbst ihre vielen Männerbekanntschaften machten mir nichts aus. Solange, bis Paul kam und bei uns einziehen wollte.

„Diana, das kannst du doch nicht machen.", hatte ich an jenem Tag zu ihr gesagt. „Du kennst ihn doch überhaupt nicht, weißt nichts von ihm. Er kann ja sonst was auf dem Kerbholz haben - vielleicht ist er ja sogar ein Mörder.".

Sie lachte mich aus: „Ach, Friderike, sei doch nicht so schrecklich spießig. Paul ist doch der Traum einer jeden Frau. Sei doch mal ehrlich, Du hättest ihn doch auch mitgenommen, oder? Er ist anders als andere Männer, aber er ist doch kein Mörder.".

Ich konnte reden, was ich auch wollte, sie wäre sofort ausgezogen, hätte ich nicht zugestimmt, und es lag mir damals noch viel an ihrer Freundschaft.

Paul zog ein und blieb bis letzte Woche. Seinen Rucksack, der wohl seinen ganzen Hausrat darstellte, und Nico ließ er bei uns zurück. Diana litt. Den ersten Tag lang war sie empört, dann zwei Tage wütend, danach drei Tage verzweifelt und schließlich nur noch deprimiert. Trotz dieser seelischen Schmerzen vernachlässigte Diana ihre Arbeit nie. Täglich fuhr sie mit der Straßenbahnlinie 4 Richtung Roderbruch zu ihrem Arbeitsplatz. Diana war Ärztin und wissenschaftliche Mitarbeiterin einer äußerst renommierten Klinik mit weltweitem Ruf. Sie und ihre Kollegen waren einer Substanz auf der Spur, die zukunftsweisend sein sollte. Ein Mittel, das die Psyche eines Menschen vollkommen verändern kann. Natürlich nur zum Guten. Ich dagegen handelte mit Fleisch- und Wurstwaren. Etwas ungewöhnlich, eine Vegetarierin, die mit toten Tieren ihre Geschäfte macht, aber wenn es erst einmal Tradition in einer Familie ist, findet sich immer jemand, der diese fortführt.

Eigentlich wäre ich viel lieber Köchin geworden. Ein eigenes Restaurant, das wäre schon toll. Vielleicht direkt an der Celler Heerstraße. Mein Kochbuch, mit äußerst ungewöhnlichen Rezepten, habe ich fast vollendet. Es fehlt nur noch ein Meistermenü, dann ist es fertig.

„Friderike, Du hast Paul umgebracht!". Dianas schrille Stimme riss mich aus meinen Gedanken.

„Genau wie bei Deinem Freund Richard. Er ist doch auch so plötzlich - vor ungefähr einem Jahr - verschwunden, und ich denke, Du hast ihn um die Ecke gebracht, weil er sich in mich verliebt hatte. Richard sagte mir vor seinem Verschwinden, dass Du nicht ganz normal seiest, liebe Friderike. Er wollte so schnell wie möglich weg von Dir. Keine Sorge, Friderike, ich werde dir das schon noch beweisen.".

Ich war geschockt. War das wirklich die Diana, die ich kannte? Die liebe, gute alte Freundin, die in jungen Jahren mit mir den Indianerblutsschwur auf ewige Freundschaft geleistet hatte? Enttäuschung, Mitleid, Trauer und Angst breiteten sich in mir aus. Auch ich hatte meinen Verdacht bezüglich des Verschwindens von Richard und diesen schleuderte ich Diana direkt ins Gesicht.

„Und was ist mit unserer Forscherin, der ach so erfolgreichen und ehrgeizigen Ärztin? Was testet Ihr denn gerade in Eurem geheimen Labor? Vor allen Dingen, an was testet ihr eure tollen Errungenschaften der Wissenschaft? An Mäusen, Affen oder an Menschen? Vielleicht sind ja aus meinem Freund Richard und Deinem Bekannten Paul

Versuchskaninchen geworden und Du selbst suchst nur eine Dumme, der Du das in die Schuhe schieben kannst.".

Nun war es raus. Diana schaute mich ungläubig an. In diesem Moment kam Nico hereingetrottet. Er hatte vorhin sein Fressen bekommen: Innereien und zum Nachtisch einen leckeren Knochen. Sein Fell glänzte und seine Hundeaugen leuchteten vor Zufriedenheit. Er legte sich treu zu meinen Füßen und knurrte Diana leise an.

In diesem Augenblick wurde mir bewusst, dass ich eine Freundschaft verloren, aber eine neue, vielleicht bessere, gewonnen hatte. Ich war wütend auf Diana. Diese boshafte Anschuldigung. In dem Moment muss mich der Teufel geritten haben, denn ich wollte dem Ganzen noch eins draufsetzen und holte zum Rundumschlag aus.

„Du hast Recht, Diana. Ich habe Richard und Paul umgebracht. Die Kleidung habe ich auf dem Flohmarkt, Am Hohen Ufer, unmittelbar an der Leine, verscherbelt. Du weißt doch, samstags ist dort die Hölle los.".

Genüsslich lehnte ich mich zurück und schaute Diana direkt in die geröteten, leicht verquollenen Augen. „Meine teure Freundin Diana, die beiden mussten nicht lange leiden, denn ich kenne mich aus mit dem schnellen Töten von Lebewesen. Und in meinem Beruf sind Säge und Hackebeil Werkzeuge wie Kamm und Schere beim Friseur.".

Ich wollte gerade zum Höhepunkt der Lügengeschichte kommen, als Nico plötzlich aufsprang und laut bellend zur Haustür rannte. Sekunden später klingelte es. Diana sprang wie von der Tarantel gestochen vom Esstisch auf und rannte ebenfalls zur Tür. Augenblicke später vernahm ich einen spitzen Schrei, lautes Hundegebell und Stimmengewirr.

„Hi Friderike!". Ich traute meinen Augen kaum - im Türrahmen standen Paul und Diana engumschlungen. „Ich bin leider ein paar Tage versackt. Die Polizei von Hannover hat mich eingeladen, da konnte ich doch nicht ‚Nein' sagen. Und alles wegen einer kleinen Schlägerei mit den Schalker Fans am Kröpcke. Nur weil ‚96' mal wieder verloren hat.".

„Was allerdings nichts Neues ist.", antwortete ich trocken.

Paul grinste. „Es gab nur Wasser und Brot, aber ich sehe, liebe Friderike, Du hast mal wieder was Köstliches gekocht. Darf ich?". Schon saß Paul am Tisch und schaufelte sich das Essen von Diana hinein.

„Ich habe deine Kochkünste vermisst, aber auch noch was Anderes.". Dabei schaute er schmierig zu Diana hinüber. Sie errötete und blickte mich an.

„Bitte Friderike, lass uns diese dumme Geschichte vergessen.". Man sah ihr an, dass es ihr unendlich peinlich war, mich derart beschuldigt zu haben.

„Habt Ihr beiden Süßen Streit gehabt? Doch nicht etwa wegen mir?". Unser Sunnyboy lächelte süffisant. Ich stand vom Tisch auf. Es gab noch eine Menge zu erledigen. Zuerst musste ich die Gefriertruhe im Keller abtauen und saubermachen. Ich erwartete eine größere Fleischlieferung. Des Weiteren brauchte ich mein Werkzeug.

Zwei Tage nachdem Paul wieder aufgetaucht war stand ich in der Küche und bereitete das Mittagessen zu. Zur Feier des Tages sollte es etwas Besonderes geben. Es war Wochenende, die Sonne schien, die Vögel zwitscherten und Nico kaute glücklich an einem Knochen herum.

„Junge, Junge, Dein Verbrauch an Knochen ist aber ganz schön hoch.", sagte ich lachend zum Hund.

„Hhmm, das riecht aber lecker.", neugierig schaute Paul um die Ecke. „Was gibt es denn Schönes?".

„Ein neues Rezept für mein Kochbuch. Ich nenne es Schinkenbraten a la Diana, wegen der vielen Pfifferlinge und der selbstgesuchten Pilze.", antwortete ich. „Ich esse natürlich einen Löwenzahnsalat und Baguette.".

Er nickte. „Natürlich, Du als Vegetarierin isst ja kein Fleisch. Apropos, wo steckt denn überhaupt Diana? Ich suche sie seit heute Morgen.".

Ich lächelte. „Sie ist doch zu ihren Eltern aufs Land gefahren, irgendwo ans Steinhuder Meer. Hat sie Dir das denn nicht gesagt?".

„Nein, nicht ein Sterbenswörtchen hat sie darüber verloren.", erwiderte Paul irritiert.

„Diana hat so viel um die Ohren, und Du weißt ja, wie Wissenschaftlerinnen so sind - schusselig und vergesslich. Mach Dir keine Sorgen, Paul. Sei doch bitte so nett und decke für uns den Esstisch, ja? Ich bin gespannt, wie Dir mein neues Kochmeisterwerk schmeckt.".

Artig nahm Paul zwei Teller und zwei Bestecke aus den Schränken und ging ins Wohnzimmer. Er sah weder mein verschmitztes Grinsen, noch hörte er mein Summen. Das leise Summen eines alten Gassenhauers: „Warte, warte nur ein Weilchen ...".

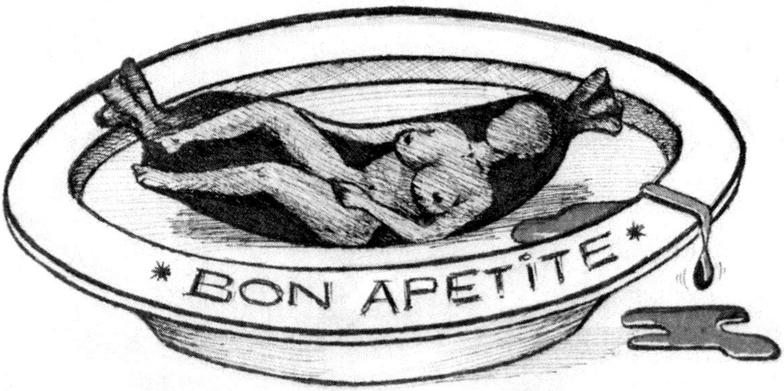

„Warte, warte nur ein Weilchen, dann kommt Haarmann auch zu Dir. Mit dem kleinen Hackebeilchen macht er Hackefleisch aus Dir.“

So ging ein berühmter Gassenhauer aus den 20er Jahren des vergangenen Jahrhunderts. Gemeint war natürlich Friedrich Heinrich Haarmann, genannt Fritz, einer der berüchtigtsten Serienkiller des 20. Jahrhunderts, auch Vampir von Hannover genannt.

Bei seiner Gerichtsverhandlung gestand Haarmann den Mord an 24 jungen Männern im Alter zwischen 13 und 20 Jahren. Am 25. Oktober 1879 in Hannover geboren, wurde Haarmann am 15. April 1925 um 6.00 Uhr morgens im Gefängnishof des Landgerichtes Hannover geköpft. Das Brisante und Spekulative war, dass er die Leichen zu Wurst verarbeitet haben soll. Fritz H. hat sich zu dieser Frage nie konkret geäußert. Bekannt ist aber, dass er einen gut laufenden Fleisch- und Wursthandel hatte.

In Hannover an der Leine,
Rote Gasse Nr. Acht,
Wohnt der Massenmörder Haarmann,
Der die Leute umgebracht.

Aus den Augen macht er Sülze,
Aus dem Arsch, da macht er Speck,
Aus dem Darm, da macht er Würste,
Und den Rest, den schmeißt er weg.

Haarmann hat auch ein' Gehilfen,
Grans heißt dieser junge Mann,
Und der lockte mit Behagen
Viele junge Männer an.

Warte, warte nur ein Weilchen,
Dann kommt Haarmann auch zu Dir.
Mit dem kleinen Hackebeilchen
Macht er Hackefleisch aus dir.

Karin Speidel ist Jahrgang 1965. Sie ist zur Zeit in der Gastronomie tätig.

Ihre Hobbys sind Lesen, Musik hören und Kochen.

Das Autoren-Team „Tatort Hannover“

MANFRED**DEPNER** JÖRG**AEHNLICH** DETLEF**EHRIKE**
ELISABETH**BRINK** DAGMAR**SEIDEL-RASCHKE** ANNETTE**PETERSEN**
(KARIN**SPEIDEL** wurde an diesem Tag durch FLORA würdig vertreten)

DIRK**SCHEERLE**
Verantwortlich für die
Zeichnungen in:
„Ricklinger Schlummertrunk“
„Aller Tage Abend“
„Kleiner Mord im Großen Garten“
„Stille Wasser“

MICHAEL**WOLFF**
verantwortlich für die
Zeichnungen in:
„Ermittlerblut“
„Nur ihrem Frieden“
„Das Erbe von Fritz“

Beide sind Polizeizeichner am Landeskriminalamt Niedersachsen